Hans Joachim Schädlich

Kokoschkins Reise

Roman

Rowohlt Taschenbuch Verlag

Lektorat
Hans Georg Heepe

4. Auflage Februar 2021

Veröffentlicht im Rowohlt Taschenbuch Verlag,
Reinbek bei Hamburg, Februar 2012

Quellennachweis s. Seite 191
Umschlaggestaltung any.way,
Barbara Hanke / Cordula Schmidt nach einem Entwurf
von ANZINGER | WÜSCHNER | RASP, München
(Abbildung: plainpicture / Millennium)
Satz aus der Granjon PostScript
bei hanseatenSatz-bremen, Bremen
Druck und Bindung BoD - Books on Demand GmbH,
Norderstedt, Germany
ISBN 978 3 499 25796 4

In memoriam

Hans Georg Heepe

Kokoschkins Reise

«Nun? Beschlossen?» fragte Fjodor Kokoschkin, ein großer, hagerer, weißhaariger Mann. Der jüngere, kleinere, füllige Jakub Hlaváček schüttelte den Kopf.

Sie standen in der Lobby des Hotels Bogota in Berlin, es war am 7. September 2005, einem Mittwoch, nachmittags.

«Setzen wir uns doch», sage Kokoschkin. Er winkte einem Kellner und sagte: «Sie auch, Jakub?»

«Ja.»

«Zwei Kännchen Altrussische Mischung. Dazu Warenije.»

Hlaváček sagte: «Nach unserer Reise brauche ich Ruhe.»

«Wir könnten Hechte angeln.»

«In Boston?»

«Nahebei. Wie in Studená bei Telč, in Mähren.»

«Ich muß nach Hause.»

«Lieber Freund», sagte Kokoschkin, «ich verstehe Sie, mir geht es ja wie Ihnen. Ich bedaure, daß wir uns verabschieden müssen. Ohne Sie hätte ich die Reise nicht unternehmen können.»

«Ich hoffe, daß Sie den Zweck der Reise erreicht haben.»

«Das glaube ich.»

«Ich bin froh darüber, daß ich Sie begleiten konnte», sagte Hlaváček. «Vieles wußte ich vorher gar nicht. Manches wurde mir wieder gegenwärtig. Später hätte die Reise nicht unternommen werden dürfen. Meine Jahre ...»

«Was soll ich da sagen! Gegen mich sind Sie ...»

«Neinnein. Obwohl ...»

«Bleiben Sie noch in Berlin?» fragte Kokoschkin.

«Nein. Ich fliege heute abend nach Prag.»

«Ich bleibe noch über Nacht. Morgen fliege ich nach London.»

Kokoschkin und Hlaváček standen auf. «Mein lieber Jakub. Ich weiß nicht, ob ich noch einmal nach Europa reise. Aber Sie können in die Staaten kommen. Dann müssen Sie mein Gast sein. Bleiben Sie gesund!»

«Das wünsche ich Ihnen», sagte Hlaváček.

Sie gaben einander die Hand.

Kokoschkin sagte zum Kellner: «Den Tee auf meine Zimmerrechnung.»

Einschiffung in Southampton

8. September 2005

Um 12:00 Uhr landete Kokoschkin in London-Heathrow.

Bei der Kontrolle von Kokoschkins Handgepäck in Berlin-Tegel war ein kleines Schweizer Taschenmesser entdeckt worden, das Kokoschkin abgeben mußte.

Nachdem Kokoschkin in Heathrow die Paßkontrolle hinter sich gebracht, seinen Koffer vom Band genommen und auf einen Gepäckwagen gehoben, schließlich den Zoll passiert hatte, sah er in der Empfangshalle Frauen, die Schilder mit dem Namen und Logo der Reederei hochhielten. Er machte halt bei einer dieser Frauen und folgte ihr sogleich mit anderen Leuten zum Sammelpunkt. Auf dem Weg bemerkte Kokoschkin, daß die meisten Leute der Gruppe eine Art Banderole, weiß, circa vier Zentimeter breit, um die Griffe ihrer Koffer geschlungen hatten. Er erinnerte sich, daß er im vorderen Fach der schwarzen ledernen Ticketbörse zwei solche Papierbänder gesehen hatte.

Am Sammelpunkt angekommen, nahm er eines der Papierbänder aus der Ticketbörse und schrieb die verlangten Angaben darauf: Name, Straße, Ort, Land, Telefonnummer, Deck- und Kabinennummer (die beide auf dem Ticket standen), zog das Papierband um seinen

Koffergriff und drückte die selbstklebenden Enden zusammen.

Seit Berlin-Tegel hatte Kokoschkin mit niemandem gesprochen, abgesehen von der Stewardess im Flugzeug. Die Frauen mit den Schildern waren verschwunden. Die Wartenden standen oder saßen bei ihren Gepäckwagen, die meisten schwiegen.

Es erschien eine geschäftige Frau mit einem Schreibblock in den Händen; sie verkündete, nun werde man in Busse einsteigen. Kokoschkin gehörte nicht zu den ersten, die aus der Halle geleitet wurden. Als er an die Reihe kam, waren noch fünf Reisende übrig. Kokoschkin reihte sich als letzter ein. Er folgte den vieren und der Frau. An einer Barriere kurz vor dem Bus mußten die Gepäckwagen abgestellt werden. Es fiel Kokoschkin schwer, seinen Koffer von der Barriere bis zum Bus zu rollen, wo der Fahrer ihn verstaute.

Im Bus setzte Kokoschkin sich in die vorletzte Reihe, rechts. 13:30 Uhr verließ der Bus den Flughafen Heathrow. Drei Reihen vor Kokoschkin saß ein junger Mann, der sich Notizen machte.

Wenige Autos auf der Autobahn nach Südwesten. Sonne über dem Grün der Grafschaft Berkshire, nahe Windsor Castle. Kokoschkin nickte ein. Vor dem Hinweis auf Winchester war Kokoschkin wieder wach. Um 15:00 Uhr hielt der Bus vor Gate 4 der Eastern Docks in Southampton.

Einige Schritte vom Bus bis zur Abfertigungshalle. Kokoschkin wurde zu einem Schalter gewiesen.

«Ticket und Paß, bitte.»

«Fingerabdruck, bitte.»

«Schauen Sie in die Kamera, bitte.»

Nach einigen Minuten hielt Kokoschkin eine Plastikkarte mit Magnetstreifen in Händen: Foto, Name, Geburtsdatum, Nationalität, Paßnummer und Gültigkeit von bis, Einschiffung Southampton 8. September 2005, Ausschiffung New York City 14. September 2005: Die Karte soll zur Identifikation, als Kabinenschlüssel, als Scheckkarte für Zahlungen an Bord dienen.

Von der Abfertigungshalle ins Schiff – ein Schritt.

Zwei Stewardessen begrüßten Kokoschkin.

Kokoschkin nannte seine Kabinen- und die Decknummer. Die eine Stewardess sagte: «Sie können mit einem Aufzug hinauffahren.» Die andere sagte: «Sie können auch die Treppe nehmen.»

Er ging die Treppe hinauf, ging einen Gang entlang, der ihm endlos vorkam, stand vor seiner Kabinentür. Es kam ein Steward: «Ich bin Ihr Steward. Mein Name ist Philipp. Wenn Sie etwas fragen möchten oder brauchen – hier ist meine Telefonnummer.»

Kokoschkin gab ihm 10 Dollar und fragte: «Wo ist mein Koffer?»

«Der wird in Kürze gebracht. Das Personal stellt ihn neben die Kabinentür.»

Kokoschkin betrat seine Kabine. Er fand ein Schreiben vor, das zu 17:00 Uhr auf Deck 7 bat: Man möge üben kommen, wie das Leben zu retten sei mittels einer Rettungsweste.

Zuvor nehme man die Weste, die sich in der Kabine finde, in beide Hände und ziehe sie sich über den Kopf, mit den Reflektoren nach vorn. Man drücke die beiden Teile so zusammen, daß sich die Klettverschlüsse verbinden. Sodann ziehe man den Gurt um die Taille und schließe die Schnalle. Den Gurt so eng wie möglich ziehen, dabei die rechte Seite der Rettungsweste festhalten! An der Rettungsweste befinde sich ein Licht, das im Wasser automatisch aufleuchte, und eine Pfeife.

Bis 17:00 Uhr blieb noch Zeit. Kokoschkin wollte zuerst vom obersten Deck aus die Hafenanlagen betrachten. Er fuhr bis Deck 13. Sah große Schiffe, die festgemacht hatten. Sah kleine Schiffe, die in den Hafen einfuhren. Die Bläue des Wassers unter sonnigem Himmel am späten Nachmittag.

Nach der Reise mit Jakub Hlaváček kam plötzlich große Ruhe über ihn. Das Schiff eine Insel. Kokoschkin unerreichbar. Die Aussicht auf eine gleichmäßige mittlere Geschwindigkeit. Besinnung auf die Bilder der Vergangenheit.

Zurück in seiner Kabine, legte Kokoschkin die Rettungsweste an, wie es geschrieben stand, und machte sich auf den Weg zu Deck 7. Unzählige Leute in roten Westen.

Die Passagiere lernten: Nur im extremsten Fall sich ins Wasser fallen lassen! Sollte dieser Fall aber eintreten, so halte man sich die Nase zu und drücke die Handfläche gegen den Mund. Die andere Hand drücke man auf der gegenüberliegenden Seite gegen die Weste, damit sie nicht nach oben gerissen werde, wenn man aufs Wasser treffe.

Nun schaue man nach, ob direkt unter einem etwas oder jemand im Wasser schwimme.

Jetzt geradeaus schauen und nach vorne schreiten!

Die Passagiere lernten auch, daß das Notsignal aus sieben kurzen Tönen und einem langen Ton der Schiffsglocke bestehe. Wenn es ertöne, habe man warm angezogen (Kopfbedeckung nicht vergessen) mit angelegter Rettungsweste und mit lebensnotwendigen Medikamenten versehen zu einer Assembly Station zu gehen. Die Assembly Stations befänden sich eben hier auf Deck 7, wo die Rettungsboote hingen, wie man sehe.

Am Ende der Übung brachte Kokoschkin die Rettungsweste in seine Kabine zurück. Neben der Kabinentür stand sein Koffer.

Kokoschkin wollte, bevor er seinen Koffer auspackte, noch einmal auf Deck 7 gehen, das Promenadendeck. Neben Kokoschkin traten mehr und mehr Leute an die Reling. Hafenbedienstete in gelben Westen machten die Leinen los. Um 18:00 Uhr löste sich das Schiff fast lautlos von der Pier.

Abendessen 20:30 Uhr im Britannia Restaurant. Die Kleidung für den Abend: leger. Hemd oder Pullover und lange Hose. Sakko nicht nötig. Und die Damen?

Bluse oder Pullover, Rock oder Hose. Kokoschkin trug nie Pullover, und er ging nie ohne Sakko in ein Restaurant.

Zeit umherzuwandern. Die Grand Lobby sechsstökkig. Zugang zu den Mayfair Shops auf der Höhe von Deck 3. Hermès, Chopard, H. Stern etc. Kokoschkin sah sich die Dinge zwar gerne an. Schmuck, Uhren, Parfums, Kosmetika, Kleidung, Spirituosen, Tabakwaren. Alles zu Phantasiepreisen. Aber er registrierte, daß ihn die Sachen nicht wirklich interessierten. Höchstens der Photo Shop.

Er warf einen Blick in den Chart Room; für einen Barbesuch war es zu früh. Zu schweigen von der Champagner Bar Veuve Clicquot. Aber Sir Samuels Wine Bar hielt ihn auf. Einen Apéritif.

Erst gegen 20:45 Uhr ging Kokoschkin hinunter zum Eingang des Britannia Restaurants.

Er war beeindruckt. Das Restaurant drei Decks hoch und so breit wie das Schiff. An der Stirnwand ein riesiger Gobelin: Das Schiff vor der Skyline von Manhattan. Zu Füßen des Gobelins der runde Tisch des Kapitäns, der Master genannt wird. Er residierte mit zehn Gästen.

Kokoschkin gelangte zu dem Tisch, der ihm durch eine Tischkarte zugewiesen war, die er aus seinen Papieren genommen hatte. Er verbeugte sich leicht: «Kokoschkin.»

Er setzte sich. Zu seiner Rechten eine dunkelhaarige Frau Mitte Vierzig. Sie sagte: «Noborra.»

Im gleichen Moment sagte der Mann zur Linken, an der Stirnseite: «Herr Kokoschkin, wir kennen uns. Aus Boston. Ich bin Josh Oakley.»

«Das ist eine Überraschung. Ich habe nicht vergessen, daß Sie mich einmal aus einer gefährlichen Lage befreit haben.»

Frau Noborra sagte: «Darf man wissen ...»

«Ich war auf offener Straße angerempelt worden.»

Oakley sagte: «Sagen Sie ruhig: überfallen.»

«Zwei junge Männer hielten mich fest und verlangten Geld von mir. Ich war drauf und dran, ihnen Geld zu geben. In diesem Moment trat Herr Oakley hinzu und zog seine Dienstwaffe. Die jungen Männer ließen mich los und rannten davon.»

Der schmächtige alte Mann, der Kokoschkin gegenübersaß, sagte: «Sie können mich Frank nennen.» Er wies auf die zarte alte Frau zu seiner Seite: «Das ist meine Frau.»

Sie sagte zu Kokoschkin: «Sie dürfen mich Lucy nennen.»

«Das ist freundlich von Ihnen.»

An der Stirnseite zur Rechten Kokoschkins saß ein junger Mann. Er sagte: «Sachnowski.»

«Sind Sie Russe?»

«Wie Sie.»

Frank sagte: «Sie kommen spät. Die Vorspeisen sind schon verzehrt.»

«Ich wollte einer Begrüßungszeremonie mit dem Master ausweichen.»

«Es gab keine. Zum Glück. Man müßte lange in der Schlange stehen. Das kommt vielleicht morgen.»

«Außerdem esse ich wenig. Die Vorspeise hätte ich ohnehin ausgelassen.»

Lucy sagte: «Ich hatte ein bißchen Avocado und Tomato in Pico di Gallo.»

Der Ober fragte Kokoschkin, was er zu trinken wünsche.

«Mineralwasser, nur Mineralwasser, bitte. Und als Entrée Waldpilze, Polenta und Spinat.»

Zu seiner Nachbarin sagte Kokoschkin: «Ich glaube, Noborra ist ein baltischer Name.»

«Ich bin Deutsche. Vielleicht kommen meine Vorfahren aus dem Baltikum.»

«Bestimmt.»

«Das glaube ich auch», sagte Sachnowski.

Zu Oakley sagte Kokoschkin: «Ich freue mich auf Boston. Ich sehne mich richtig danach, vor allem nach unserem Beacon Hill.»

«Sie waren längere Zeit fort?»

«Nein. Drei Wochen.»

«Wo?»

«In Europa und in Rußland.»

Lucy sagte: «Heutzutage rechnet man Rußland schon zu Europa.»

«Europa reicht gerade bis Polen», sagte Kokoschkin.

Sachnowski wandte sich Lucy zu: «Waren Sie einmal in Rußland?»

«Neinnein.»

«Das ist Asien. Gleich hinter Polen und dem Baltikum fängt es an.»

«Wir leben in London, in Richmond», sagte Lucy. «Von unserem Haus aus sehen wir die Themse.»

Oakley sagte: «Ich war nur eine Woche weg. Wenn ich zurückkomme, sind es zwei Wochen.»

«Dienstlich?» fragte Kokoschkin.

«An Bord des Schiffes auf der Fahrt nach Southampton dienstlich. Jetzt, auf der Rückfahrt, privat.»

Frank sagte: «Fast so wie wir. Wir fahren nach New York, treffen Freunde zum Lunch, gehen am Nachmittag wieder an Bord und fahren zurück nach Southampton.» Er lachte. «Alles privat.»

«Zwei Wochen auf See», sagte Frau Noborra.

«Das sind unsere Ferien.»

«Beneidenswert», sagte Sachnowski.

Frau Noborra fragte: «Wo leben Sie?»

«In Chicago. Ich war in Amsterdam. Zum Vorspiel. Beim Concertgebouw Orchestra.»

«Wo spielen Sie zur Zeit?»

«Im CSO.»

Lucy fragte: «Wo!?»

«Im Chicago Symphony Orchestra.»

«Dann habe ich Sie schon gesehen und gehört, im Konzert», sagte Frau Noborra.

Kokoschkin fragte Frau Noborra: «Sie leben auch in Chicago?»

«Ja.»

Sachnowski sagte, zu Frau Noborra gewandt: «Ich

möchte die europäische Orchester-Tradition kennenlernen.»

«Und?»

«Es hat nicht geklappt.»

Lucy sagte: «An Bord gibt es ein Streichquartett. Es spielt im Planetarium Illuminations.»

«Woher wissen Sie das?» fragte Kokoschkin.

«Das ist nicht unsere erste Reise.»

Sachnowski sagte: «Ich weiß nicht so recht. Ein Streichquartett auf einem Schiff. Die Streichquartette, die ich kenne, spielen an Land.»

«Nun ja», sagte Lucy.

«Sind Sie mit Ihrer Kabine zufrieden, Herr Kokoschkin?» fragte Frank.

«O ja. Es ist eine Balkonkabine.»

«Wie wir», sagte Lucy.

«Als ich zum erstenmal auf den Balkon trat», sagte Kokoschkin, «mußte ich an die Rettungsübung denken.»

«Ich bitte Sie!»

«Setzen Sie sich nie auf die Reling. Sollten Sie sehen, daß jemand von Bord fällt, so werfen Sie der Person einen Rettungsring zu oder irgend etwas, das schwimmt, rufen ‹Man Overboard!› und sagen dem nächsten Crewmitglied Bescheid.»

Oakley sagte: «Schön, wenn das immer so wäre.»

«Seien Sie nicht grausam», sagte Lucy.

«Immerhin ist das Wasser um die zwanzig Grad Celsius warm. Das hält man eine Weile aus.»

Sachnowski sagte: «Aber dieses riesige Schiff kann nicht einfach stoppen. Es hat schließlich mehr als neunundzwanzig Knoten drauf, das sind sechsundfünfzig Stundenkilometer.»

«Man läßt ein schnelles Rettungsboot zu Wasser», sagte Oakley.

Kokoschkin fragte Sachnowski: «Sind Sie in Rußland geboren?»

«Ja.»

«Ich frage mich die ganze Zeit, woher ich den Namen Sachnowski kenne. Musiker? Schauspieler? Sportler?»

«Schauspieler», sagte Sachnowski. «Wasja Sachnowski. Er hat den Serjoscha in Anna Karenina gespielt. Neunzehnhundertsiebenundsechzig.»

«Richtig. Und Tatjana Samoilowa war die Anna.»

«Stimmt.»

«Sind Sie mit Wasja Sachnowski verwandt?»

«Nein.»

Frau Noborra sagte: «Sie kennen sich aus in Asien.»

«Da gäbe es einiges zu erzählen», sagte Kokoschkin und blickte zu Sachnowski.

«Ich kenne die Verfilmung mit Greta Garbo, und die neueste, mit Sophie Marceau», sagte Frau Noborra.

Der Ober fragte, welche Desserts gewünscht seien.

Kokoschkin wollte auf ein Dessert verzichten. Frau Noborra bestellte Lime Sorbet, Chocolate Ice Cream, Vanilla Frozen Yoghurt, Peach Sauce. Da sagte Kokoschkin unvermittelt, das wolle er auch.

Nach dem Dessert verabschiedeten sich als erste Frank

und Lucy. Lucy sagte in die Runde: «Stellen Sie Ihre Uhren sechzig Minuten zurück, bevor Sie schlafen gehen. Jede Nacht, bis wir in New York sind.»

Oakley sagte zu Kokoschkin: «Wir sehen uns morgen», und stand auf.

Sachnowski folgte ihm.

Kokoschkin hoffte, Frau Noborra werde noch bleiben. Aber sie ging. Kokoschkin blieb noch einige Minuten sitzen.

Im Chart Room setzte er sich nicht an einen Clubtisch, er stellte sich an die Bar. Neben ihm ein Mann, den er erkannte. Es war der junge Mann, der sich im Bus von Heathrow nach Southampton Notizen gemacht hatte. Kokoschkin bestellte ein Bier und hörte dem Jazz Trio zu: Piano, Kontrabaß, Drums. Obwohl das Trio ihm gefiel, blieb er nicht lange.

Mit dem Aufzug fuhr er bis zum Promenadendeck und ging an die Reling. Auf See kein einziges Licht. Die Luft mild, 18° Celsius.

Bevor er schlafen ging, stellte er seine Uhr um eine Stunde zurück.

Erster Tag auf See

9. September 2005

Kokoschkin verspürte keine Lust, zum Frühstück ins Britannia Restaurant zu gehen. Er ging ins Kings Court, Deck 7, suchte sich an den Büfetts sein Frühstück zusammen und setzte sich an einen kleinen Tisch, mit Blick auf die See. Er konnte an einem der Büfetts Frau Noborra sehen. Sie trug einen sportlichen Hosenanzug, ihr Haar hatte sie hochgesteckt.

Kokoschkin ging zu ihr, sagte: «Guten Morgen. Kommen Sie doch an meinen Tisch.»

«O. K.» Sie nahm nur Orangensaft, Früchtesalat und Kaffee.

Kokoschkin sagte: «Tun Sie mir den Gefallen, nennen Sie mich Fjodor.»

«Fjodor? O. K. Ich heiße Olga.»

«Was tun Sie in Chicago?»

«Sie sind sehr direkt. Ich bin Architektin im Büro meines Mannes.»

«Und woran arbeiten Sie als Architektin?»

«An einer verrückten Sache. Begrünte Dächer.»

«Nicht verrückt. Mich interessiert das sehr.»

«Was war Ihr … was tun Sie?»

«Ich war … bin Botaniker. Spezialgebiet Gräser und Halme.»

«Nein!»

«Ja! Ich habe ein Buch über Gräser geschrieben. Und ich habe mit Architekten zusammengearbeitet.»

«Sie überraschen mich, Fjodor.»

«Es ging meist um intensive Begrünung.»

«Das ist unsere Sache. Ich habe mich zwar auch mit Dächern für extensive Begrünung beschäftigt, aber Hallen- und Garagendächer sind für uns nicht interessant. Unsere Kunden wollen intensiv begrünte Dächer. Wir sind mit der Auswahl der Gräser nicht zufrieden.»

«Ich könnte Sie wahrscheinlich beraten, Olga. Natürlich umsonst.»

«Ich bespreche das mit meinem Mann. Kommen Sie denn gelegentlich nach Chicago?»

«O ja.»

«Fjodor, im Vertrauen. Ihre Reise nach Rußland und Europa. Nostalgie?»

«Nein. Ich mußte manche Orte meiner Vergangenheit einfach noch einmal sehen. Petersburg, Berlin, Prag. Nach Prag kam ich Dreiunddreißig, ein zweites Mal Achtundsechzig, im Prager Frühling.»

«Ich verstehe.» Olga stand auf. «Sehen wir uns beim Lunch im Britannia?»

«Ja.»

Das Schiff zu erkunden, machte Kokoschkin sich auf den Weg zur Bibliothek, der größten Bücherei auf See. Vom Kings Court Restaurant in der Schiffsmitte zur Bibliothek unterhalb der Kommandobrücke quer durch das halbe Schiff. In Gängen, her und hin, auf Treppen hinauf, hinab, unzählige Leute wie auf Wegen einer Stadt.

Die abgeschrägten vorderen Fenster der Bibliothek mit Blick auf den Bug, den Horizont. Zwischen den vorderen Fenstern Lesesessel. Kleine runde Lesetische, Sessel zwischen den offenen Edelholz-Bücherschränken. Auf der rechten Seite des halbrunden Raums sechs Computer.

Kokoschkin verspürte Lust, sich an einen Computer zu setzen und eine Mail an Jakub Hlaváček zu schreiben. Aber was hätte er schon schreiben sollen. Vielleicht, daß Sturm herrsche? Daß an den Treppenaufgängen und neben den Türen der Aufzüge Spucktüten zu haben seien? Daß das Schiff, unbeeindruckt von der stürmischen See, ruhig seine Fahrt mache? Wahrscheinlich aber hatte Hlaváček gehört, daß bei rauher See automatisch vier Stabilisatoren ausgefahren und an die Strömung angepaßt werden, um das Rollen des Schiffes zu verhindern. Interessanter für Hlaváček wäre es vielleicht gewesen, daß in der Bibliothek auf See aktuelle Tageszeitungen in handlichem Format zu lesen seien, die offenbar an das Schiff gefunkt würden und an Bord gedruckt worden wären. Kokoschkin wußte es nicht genauer.

Der Mann, der neben Kokoschkin saß und im Daily Programme des Schiffes las, sagte leise: «Haben Sie das gesehen? Tagesaktivitäten morgens und mittags. Zum Beispiel Erneuerung des Eheversprechens in Sir Samuels Wine Bar. Champagner Kunstauktion im Winter Garden. Casino Seminar im Empire Casino. Oder mittags: Cha Cha Tanzunterricht im Queens Room. Kunstunterricht mit fünfunddreißig Dollar Materialgebühren. H. Stern Schmuckgespräch mit dem Manager. – Das entspricht offenbar dem durchschnittlichen Geschmack der Passagiere.»

«Sicher», sagte Kokoschkin. «Es gibt aber auch Vorträge von Oxford-Lektoren. Zum Beispiel ‹Die Dynamik des modernen Lebens›.»

Auf dem Weg zum Winter Garden Café traf Kokoschkin Frank und Lucy.

«Wir gehen zur Champagner Kunstauktion im Winter Garden», sagte Lucy. «Kommen Sie doch mit.»

«Ach, wissen Sie», sagte Kokoschkin.

Frank sagte: «Die Auktion fängt um elf Uhr an. Bis dahin könnten wir noch etwas trinken.»

«Gut.»

Sie setzten sich an einen kleinen runden Tisch auf der rechten Fensterseite. Das Wandbild mit exotischen Vögeln auf den Ästen einer Art Palme. Der weiße Flügel in der Mitte des Cafés.

Kokoschkin bestellte Espresso, Frank bestellte zwei Orangensäfte.

«Wollen Sie etwas kaufen?» fragte Kokoschkin.

«Vielleicht einen seltenen bunten Stein für unseren Kaminsims», sagte Frank.

Lucy sagte: «Haben Sie Kinder, Herr Kokoschkin?»

«Nein.»

«Seien Sie froh. Die Sorgen nehmen kein Ende. Unsere Tochter hat einen Anwalt geheiratet. Sie haben eine süße Tochter, unsere einzige Enkelin. Unsere Tochter hat sich von ihrem Mann getrennt. Geschieden. Das Sorgerecht haben beide Eltern. Das ist der Anfang der Tragödie.»

«Tragödie?»

«Das Kind verbringt die halbe Woche bei der Mutter, die andere Hälfte beim Vater. Wie soll es denn da ein Gefühl dafür bekommen, wo es hingehört? Wir glauben, das Kind gehört zur Mutter. Der Vater soll es natürlich von Zeit zu Zeit sehen, aber doch nicht die Hälfte der Zeit!»

«Das kann ich nicht beurteilen.»

«Unsere Tochter hat einen neuen Partner, der das Kind sehr liebt. Wenn das Kind bei seinem Vater ist, dann trifft es auf die neue Frau des Vaters, die einen Jungen im Alter unserer Enkelin mitgebracht hat. Unsere Enkelin bekommt von ihrem Vater teure Spielsachen und Kleider gekauft. Sie kriegt die Kleider nicht mit nach Hause zu ihrer Mutter. Spielsachen darf sie auch nicht mitnehmen. Zuletzt hat die Kleine gesagt, daß sie lieber beim Vater ist, weil sie dort mit dem Jungen spielen kann.»

«Ich erkenne daran nichts Ungewöhnliches», sagte Kokoschkin.

Lucy sagte: «Sie haben eben keine Kinder.»

Die Kunstauktion begann.

Frank und Lucy gingen zur anderen Seite des Winter Garden Cafés.

Kokoschkin wollte zu den Konferenzräumen ConneXions auf Deck 2. Er ging dort in einen der Computer-Räume und schrieb eine Mail an seinen Nachbarn in Boston, der seine Wohnung betreute: Er gehe am 14. September morgens in New York von Bord und fliege mittags nach Boston.

Beim Lunch sagte Oakley: «Haben Sie das gehört? Der Russe und der Deutsche wollen eine Gas-Pipeline bauen durch das Baltische Meer von Rußland nach Deutschland.»

Lucy fragte: «Wen meinen Sie?»

«Pjutn und Schroder.»

«Putin und Schröder», sagte Kokoschkin.

«Meinetwegen», sagte Oakley.

Frank sagte: «Aber warum durch das Baltische Meer. Durch Polen wäre es kürzer und billiger. Und besser für die Natur.»

«Der Pole soll nicht an das Gas herankommen», sagte Oakley.

«Das ist unfair», sagte Frank. «Außerdem: Wer weiß, was der Bau anrichtet im Baltischen Meer. Auf dem Meeresgrund liegt noch Munition aus dem Weltkrieg.»

Sachnowski sagte: «Putin hat sich ein Kreuz um den Hals gehängt und läßt sich segnen.»

«Segnen?» fragte Lucy.

«Er ist mit seiner Privatyacht nach Athos gedampft zu den orthodoxen Mönchen. Pilger Putin.»

Olga Noborra blieb ihrem Vormittagsprogramm treu

und bestellte nur Canyon Ranch Spa Selections: Als Appetizer Roasted Corn Chowder, als Entrée Baked Kohlrabi Tart und als Dessert Freshly Sliced Cantaloupe Melon.

Kokoschkin wollte Olga diesmal nicht folgen. Er wählte als Appetizer Chilled Tomato Soup mit Gin und Basil, als Entrée Grilled Swordfish Steak, Lemon und Oregano Oil, Niçoise Olive Relish, als Dessert Panna Cotta mit Apricot Compote.

«Tüchtig, tüchtig», sagte Lucy.

Kokoschkin erwiderte: «Zum Dinner esse ich dafür wenig.»

Lucy sagte: «Wir gehen heute abend ins Royal Court Theatre.»

«Was gibt es zu sehen?» fragte Kokoschkin.

«Eine Show! Dazu spielt das Theatre Orchestra», sagte Frank.

«Kommen Sie doch auch», sagte Lucy und sah Olga Noborra an.

«Nun ja, warum nicht.»

Kokoschkin wandte sich Olga zu: «Ich schließe mich Ihnen an.»

«Das freut mich.»

Lucy sagte: «Heute abend formell. Smoking für die Herren, festliches Abendkleid für die Damen.»

«Ein schwarzer Anzug tut es auch», sagte Kokoschkin. «Wann geht das Spektakel los?»

«Um zwanzig Uhr fünfundvierzig», sagte Frank.

Olga Noborra sagte: «Zum Dinner komme ich heute nicht.»

«Ja», sagte Kokoschkin. «Man kann später am Abendbüfett im Kings Court noch etwas bekommen. Bis dreiundzwanzig Uhr.»

«Und dann die Uhr wieder um eine Stunde zurückstellen», sagte Lucy.

Oakley sagte: «Herr Kokoschkin, Sie als Russe … Was sagen Sie zur Pipeline Schroder Pjutn?»

«Sie wissen, daß ich Amerikaner bin. Russisch-Amerikaner. Für russische Politik interessiere ich mich schon lange nicht mehr. Die Geschäfte deutscher Politiker interessieren mich auch nicht.»

«Ich muß es jetzt sagen», sagte Lucy. «Bei Tisch soll man nicht von Politik reden. Das verdirbt den Appetit.»

«Wo kämen wir da hin!» sagte Sachnowski. «Sie stammen aus einer anderen Zeit. Wir jedenfalls sitzen in der Küche, essen mit großem Appetit, und dabei reden wir über Politik.»

«Ich lebe heute, junger Mann! Vielleicht ist es eine russische Sitte, bei Tisch über Politik zu reden. Noch dazu in der Küche!»

Olga Noborra sagte: «Liebe Frau Lucy, jetzt politisieren Sie selbst, und wir sind noch beim Dessert.»

«Mir ist der Appetit vergangen», sagte Lucy.

«Beruhige dich», sagte Frank.

Sachnowski sagte: «Wir haben bei Tisch schon immer über Politik geredet. Lesen Sie doch Turgenjew. Wir werden auch in Zukunft bei Tisch über Politik reden. Tak i budjet.»

Lucy erhob sich, sagte, zu Sachnowski gewandt: «Ich wünsche Ihnen noch einen schönen Tag!» und verließ den Tisch. «Turgenjew!» murmelte sie.

Frank erhob sich, sagte «Entschuldigen Sie uns» und folgte seiner Frau.

Oakley sagte: «Was kümmern mich die verstaubten Ansichten alter Engländerinnen.» Er stand auf und ging.

«Ich glaube, Frau Lucy hat heute zum erstenmal den Namen Turgenjew gehört», sagte Sachnowski. Er stand auf. «Ich wünsche Ihnen einen schönen Abend im Theater.»

Kokoschkin sagte zu Olga: «Darf ich Sie vor der Show zu einem Glas Champagner in die Veuve Cliquot Champagner Bar einladen?»

«An Unternehmungslust fehlt es Ihnen ja nicht gerade, in Ihrem Alter.»

«Um zwanzig Uhr?»

«Einverstanden.»

Olga stand vom Tisch auf und sagte: «Dann bis später.»

Kokoschkin überlegte, was er nach diesem Lunch tun sollte.

In Churchill's Cigar Lounge saß mutterseelenallein ein Mann und rauchte seine Zigarre. Kokoschkin sagte im Vorbeigehen «Hallo!» und «Zigarettenraucher sind hier wahrscheinlich unwillkommen».

«Unwillkommen sind sie nicht. Unwillkommen ist nur, daß Sie hier Zigaretten rauchen.»

Kokoschkin setzte sich so, daß er die See sehen konnte. Der einsame Zigarrenraucher saß am Nachbartisch, mit dem Rücken zum Fenster.

Kokoschkin sagte: «Ein hübscher Blick auf das, was vor uns liegt.»

«Mit den Augen des Masters gesehen. Mein Blick geht eher zurück.»

Kokoschkin nahm sein Zigarillo-Etui aus der Tasche. «Juan Clemente, aus der Dominikanischen Republik», sagte er.

«Nobel, nobel.»

«Eine Mini-Zigarre. Anfangs etwas scharf. Aber ich rauche nur noch selten.»

«Sie sehen aus, als müßten Sie nicht mehr den Alltagsstürmen trotzen.»

«Nett gesagt. Ich bin schon lange Emeritus. Sie sind jünger.»

«Ich baue für meine Firma Fabrikanlagen in Entwicklungsländern. Joint Ventures.»

«Da läßt sich etwas erzählen.»

«Ich sage Ihnen …»

Olga, das dunkle Haar im Nacken gebunden, in langem, dunklem Abendkleid, betrat die Champagner Bar.

Kokoschkin erhob sich, ging ihr entgegen, dachte: ‹Zauberhaft.› Er sagte: «Das Kleid steht Ihnen sehr gut.»

«Sie sehen auch nicht schlecht aus im schwarzen Anzug.»

Auf die Gefahr hin, von Olga belächelt zu werden, bestellte Kokoschkin zwei Gläser Veuve Clicquot La Grande Dame 1990.

Im Royal Court Theatre setzten Olga und Kokoschkin sich auf dem Rang in die erste Reihe.

Dem Conférencier schien seine Geschwätzigkeit zu gefallen. Er kündigte den Auftritt einer Geigerin an, die im Stil von Vanessa Mae auf einer elektrischen Violine spiele.

Die Geigerin war nicht ganz so hübsch wie Vanessa Mae. Sie spielte durchaus virtuos klassische Titel in verdaulichem Format.

Kokoschkin beugte sich zu Olga und flüsterte: «Ich hasse elektronische Kuschelklassik.»

«Mir geht es wie Ihnen.»

«Sollen wir gehen?»

«Neinnein. Sie trifft den Geschmack des Publikums. Warum das Publikum kränken.»

Nach der Show schlug Olga vor, noch eine Kleinigkeit zu essen. Um diese Zeit kam nur Kings Court – La Piazza, Deck 7, in Frage, wo ab 23:00 Uhr Snacks zu haben waren.

Aber im Kings Court überlegte sie es sich anders. Sie sagte: «Ich danke Ihnen für den Abend» und verabschiedete sich.

Boston, 15. August 2005

Lieber Dr. Hlaváček,
ich will noch einmal nach Europa kommen, ich will sogar nach Rußland reisen, nach Petersburg, wo ich geboren bin. Allein traue ich mir aber die Reise nach Petersburg nicht zu. Deshalb bitte ich Sie, mich zu begleiten, natürlich auf meine Kosten. Sie kennen die Russen, mit Ihnen könnte ich die Reise unternehmen.
Schreiben Sie mir bitte, ob ich mit Ihnen rechnen darf und wann Sie Zeit haben.
Ihr alter Fjodor Kokoschkin.

Praha, 15. August 2005

Lieber Professor Kokoschkin,
ich freue mich darüber, daß Sie nach Europa kommen wollen. Auf der Reise nach Petersburg begleite ich Sie gerne. Ich bin nicht mehr in der Universitätsbibliothek tätig. Jetzt nenne ich mich Pensionist. Ich habe Zeit.
Ihr Jakub Hlaváček.

Boston, 15. August 2005

Lieber Herr Dr. Hlaváček,
der E-mail-Briefverkehr ist ein Segen. Ich bin sehr froh darüber, daß Sie mit nach Petersburg gehen können.
Ich habe online ein Flugticket für den 20. August nach Prag gebucht und für drei Nächte ein Zimmer im Grand Hotel Evropa am Václavské náměstí. So haben wir genug Zeit, um in Prag Flugtickets nach Petersburg und Hotelzimmer dortselbst zu buchen.
Das Grand Hotel Evropa wirbt im Internet mit dem Satz: «Hotel Evropa ist geeignet für junge Leute, die im Zentrum sein möchten, aber deren Ansprüche nicht so hoch sind.» Ich brauche das Wort «junge» nur durch «alte» zu ersetzen.
Sobald ich in Prag angekommen bin und mich im Hotel eingerichtet habe, rufe ich Sie an.
Ihr dankbarer Fjodor Kokoschkin.

Praha, 16. August 2005

Lieber Professor Kokoschkin,
wir können uns bei mir treffen, oder ich komme ins Hotel.
Einen guten Flug wünscht Ihnen
Ihr Jakub Hlaváček.

Am 20. August landete Kokoschkin in Prag.

Nach 30 Minuten Taxifahrt für 600 Kronen vom Flughafen zum Hotel Evropa richtete Kokoschkin sich in seinem Zimmer ein. Es war später Nachmittag, als er Hlaváček anrief: «Ich komme zu Ihnen!»

«Sehr schön», sagte Hlaváček. «Nehmen Sie ein Taxi. Ich wohne noch immer in der Budečská, gleich neben dem Hotel Anna.»

Kokoschkin sagte zu Hlaváček: «Ich freue mich sehr, Sie wiederzusehen!»

«So geht es mir mit Ihnen!»

«Sie haben sich verändert.»

«Wer nicht. In all den Jahren.»

Kokoschkin sah sich um. «Bücher über Bücher.»

«Nicht nur hier im Arbeitszimmer. Auch in der Diele, wie Sie gesehen haben. Und im Wohnzimmer, im Schlafzimmer, und sogar in der Küche. Bücher waren mein Beruf, und Bücher sind mein Laster.»

«Sie haben sich nicht verändert.»

«Möchten Sie Kaffee oder Tee ...»

«Ein Pilsener, bitte. Nach all den Jahren.

Ich weiß nicht, lieber Hlaváček, ob Sie verstanden haben, daß ich in meinen Briefen, die ich ab Achtundsechzig dank der Vermittlung unserer Prager Botschaft an Sie geschickt habe, nie über persönliche Dinge sprach. Ich war sicher, daß die Briefe in der Botschaft gelesen werden, und ich dachte: Wen gehen die privaten Dinge etwas an?»

«So habe auch ich gedacht», sagte Hlaváček. «Deswegen habe ich Ihnen nicht geschrieben, daß sich Branka Neunzehnhundertsiebzig von mir getrennt hat. ‹Du immer nur mit deinen Büchern. Ich will auch noch mal was anderes sehen›, hat sie gesagt. Sie ist zu dem Arzt gegangen, für den sie als Sprechstundenhilfe gearbeitet hat. Der wohnte in einer größeren Wohnung. Der besaß ein Auto, einen Škoda Octavia. Der hatte eine Datsche in Südböhmen. Mit dem ist sie jeden Sommer ans Schwarze Meer gefahren, nach Nessebar in Bulgarien. Drei Jahre sind wir verheiratet gewesen. Ich bin allein geblieben, hatte nur noch Freundinnen.»

«Achtundsechzig habe ich Ihnen gesagt, daß meine Frau gerne mit nach Prag gekommen wäre, daß sie aber wegen ihrer Krankheit nicht reisen konnte.»

«Sie wollten nicht darüber sprechen.»

«Ich wollte auch nicht davon schreiben. Sie hatte Krebs. Nach der Therapie schien alles gut zu sein. Aber der Krebs kam zurück. Neunzehnhundertsechsundachtzig ist sie gestorben. Da war sie einundsiebzig.»

«Das tut mir sehr leid.»

Hlaváček holte aus der Küche Bier. «Ich habe etwas für Sie aufgestöbert, in meinem Lieblingsantiquariat. Eine tschechische Übersetzung Ihres Buches über Gräser und Halme.»

«Zeigen Sie! Das ist eine Überraschung. Wann ist es herausgekommen?»

«Vor fünf Jahren.»

«Ich bin wieder da.»

«Ab Achtundsechzig gab es in den Instituten Reinigungsgespräche habe ich es genannt. Säuberungen. Viele haben ihre Stelle verloren und mußten irgend etwas anderes machen. Ich war kein Kämpfer. Ich habe mich hinter Büchern versteckt und durfte in der Unibibliothek bleiben. Einer meiner Kollegen hat jahrelang als Heizer gearbeitet. Nach Neunundachtzig hat er ein Antiquariat übernommen. Bei ihm habe ich die tschechische Ausgabe Ihres Buches gefunden.

Achtundsechzig. Wir hatten seit Neunzehnhundertachtundvierzig kommunistische Diktatur und wollten ein bißchen Freiheit. Da kamen die Russen.»

Kokoschkin sagte: «Achtundsechzig in Prag ist im Grunde dasselbe passiert wie Neunzehnhundertsiebzehn in Rußland. Die Bolschewisten haben die Anfänge der Demokratie zerschlagen.»

Am nächsten Tag gingen Kokoschkin und Hlaváček zu einem Reisebüro am Wenzelsplatz. Sie buchten den Flug nach Petersburg und bestellten für zwei Nächte zwei Zimmer im 5-Sterne-Hotel Rocco Forte Astoria in der Bolschaja Morskaja. «Ein gutes Hotel muß sein, sonst ertrage ich die Erinnerung an die verfluchten Tage nicht», sagte Kokoschkin.

Am 22. August flogen Kokoschkin und Hlaváček nach Petersburg.

«Seit Neunzehnhundertachtzehn war ich nicht in Petersburg», sagte Kokoschkin. «Ehrlich gesagt:

Ich fürchte mich. Aber ich freue mich auch. Das Hotel am Isaaksplatz. Die Isaakskathedrale, in die ich mit Mama regelmäßig gegangen bin. Die Blaue Brücke über die Moika. Und in der Nähe die Admiralität und die Eremitage.»

«Für die Eremitage fehlt uns die Zeit.»

«Und drüben die Peter- und Paul-Festung.»

Vom Petersburger Flughafen Pulkowo II wollten Kokoschkin und Hlaváček mit einem Wagen des Hotels zum Hotel Astoria fahren. Kokoschkin hatte in Prag den Transfer gebucht. Es sollte ein Mercedes Benz der S-Klasse sein.

Hlaváček sagte am Flughafen: «Wenn ich mich richtig erinnere, kostet der Transfer dreitausend Rubel. Ein Taxi hätte sechzig Rubel gekostet.»

«Das muß sein», sagte Kokoschkin. «Es ist wie mit dem Hotel.»

Unterwegs sagte Kokoschkin zu dem Fahrer: «Bitte, fahren Sie einen Umweg zum Taurischen Palais in der Spalernaja Uliza und fahren Sie langsam am Palais vorbei.»

«Warum das?» fragte Hlaváček.

«Im Taurischen Palais tagte vom achtzehnten Januar Neunzehnhundertachtzehn nachmittags bis zum neunzehnten Januar in aller Frühe die Verfassunggebende Versammlung, die erste frei gewählte in Rußland, und die letzte. Die Bolschewisten waren in der Minderheit. Deshalb haben sie die Versammlung am neunzehnten Januar mit Gewalt aufgelöst. Das war das Todesurteil für die russische Demokratie.»

Als der Wagen langsam am Taurischen Palais vorbeifuhr, sagte Kokoschkin: «Mein Vater war Mitglied der Verfassunggebenden Versammlung.»

«Das wußte ich nicht», sagte Hlaváček.

«Es war besser für mich, nicht davon zu sprechen.»

Der Fahrer sagte, das Palais gehöre der Regierung und sei für die Öffentlichkeit geschlossen.

Im Hotel Astoria fühlte sich Kokoschkin sogleich wohl. «Das ist nicht Rußland», sagte er im Foyer zu Hlaváček. Zwar wußte er, daß Trotzki einst im Astoria residiert hatte und zu Stalins Zeiten die Oberschicht der bolschewistischen Funktionäre. «Es ist jetzt eben Rocco Forte in Rußland, genau wie Rocco Forte in London, Brüssel, Rom, Berlin. ‹The art of simple luxury›.»

Hlaváček sagte: «Ich glaube, ich gehe jetzt in die Eremitage.»

«Ich ruhe mich aus», sagte Kokoschkin. «Dann gehe ich vielleicht spazieren.»

Kokoschkin ruhte länger, als er es gewollt hatte. Er machte sich eilig auf den Weg. Auf dem Isaaksplatz, auf halber Strecke zwischen Hotel und Isaakskathedrale, wurden seine Schritte schwer; eine lastende Schwäche hielt ihn auf. Sollte er lieber zurückkehren ins Hotel. Kokoschkin blieb lange stehen. Dann ging er langsam ins Hotel zurück. Im Foyer mußte er sich setzen. Es wurde ihm schwarz vor Augen. Ein Kellner, der erkannt hatte, daß es ihm schlecht erging, fragte, ob er Mineralwasser bringen solle. «Ja!»

Abends im Hotel-Restaurant Wintergarten sagte Kokoschkin zu Hlaváček: «Am Nachmittag dachte ich, ich stehe den Aufenthalt hier nicht durch. Für morgen bitte ich Sie um Ihre Hilfe.»

«Deshalb bin ich mitgefahren. Waren Sie in der Isaakskathedrale?»

«Eben nicht.»

«Wollen Sie das Haus besichtigen, in dem Ihre Eltern mit Ihnen gewohnt haben?»

«Auch.»

Am nächsten Vormittag mit Hlaváček auf dem Weg zum Mariinskaja-Hospital. Sie fuhren in einem Wagen des Hotels, den Kokoschkin noch am Abend geordert hatte. Er sagte zu dem Fahrer: «Irgendwo in der Nähe des Hospitals parken.»

Der Wagen hielt an, Kokoschkin stieg nicht aus. «Lieber Doktor Hlaváček. Ich bin heute zum ersten Mal an dieser Stelle. Ich sage Ihnen, warum ich hier bin. Mein Vater war als konstitutioneller Demokrat Minister der Provisorischen Regierung, und er war gewähltes Mitglied der Verfassunggebenden Versammlung. Ein anderer Minister, ebenfalls konstitutioneller Demokrat, Andrej Schingarjow, und mein Vater ... Ich möchte Ihnen sagen, was Neunzehnhundertachtzehn hier geschehen ist, aber ich bringe es nicht heraus. Ich muß Ihnen vorlesen, was jemand berichtet hat: ‹Schingarjow und Kokoschkin hatten an der Eröffnung der Verfassunggebenden Versammlung nicht teilgenommen, weil sie in der Festung Peter und Paul inhaftiert waren.› Sie wissen, daß die Bolschewisten nach ihrem Oktoberputsch alles daransetzten, einen Einparteienstaat zu errichten. Sie verboten zuerst die Partei der konstitutionellen Demokraten und erklärten ihre Führer zu Volksfeinden. Am achtundzwanzigsten November Neunzehnhundertsiebzehn verhafteten bolschewistische Greifertrupps alle prominenten Parteimitglieder, so auch Abgeordnete der Verfassunggebenden Versammlung, darunter meinen Vater und Schingarjow. Ich lese weiter: ‹In den frühen Morgenstunden des neunzehnten Januar wurden Schingarjow und Kokoschkin in das Mariinskaja-Hospital gebracht. Dort kamen sie in einen abgesonderten Raum, der von Soldaten bewacht war. In der Nacht zum zwanzigsten Januar kam eine Bande von bolschewistischen Soldaten und Matrosen unter dem Vorwand in die Sonderabteilung, sie seien die Wachablösung. Die Bolschewisten erstachen Schingarjow und Kokoschkin auf dem Krankenbett mit Bajonetten.›»

Hlaváček konnte nicht sprechen. Er sah Kokoschkin an. Schließlich sagte er: «Lassen Sie uns von hier wegfahren.»

Kokoschkin sagte: «Ich weiß nicht, ob im Hospital heute noch jemand von diesen Morden weiß. Ich gehe nicht hinein.»

«Der Bericht, den Sie vorgelesen haben ...»

«Aus den Memoiren von Kerenski. Übrigens schrieb Gorki in ‹Nowaja Schisn› vom vierundzwanzigsten Januar Neunzehnhundertachtzehn, wildgewordene Bestien hätten Schingarjow und meinen Vater hinterlistig ermordet.»

«Ich habe das alles nicht gewußt», sagte Hlaváček.

«Wie auch. Der Name Kokoschkin ist nicht so selten. Und die Kommunisten waren nicht daran interessiert, dieses Verbrechen publik zu machen.»

«An diesem Hospital müßte es eine Gedenktafel geben, die an Ihren Vater und an Schingarjow erinnert.»

«Wie viele Gedenktafeln an wie vielen Häusern müßte es da in Rußland geben.»

«Und in Prag.»

«Neunzehnhundertachtzehn, im Alter von elf Jahren, hat Schostakowitsch ein Klavierstück komponiert. Es ist sein erstes Werk», sagte Kokoschkin.

«Das Stück ist erhalten?» fragte Jakub Hlaváček.

«Die einen sagen ja, die anderen nein. In Werkverzeichnissen steht es als Trauermarsch für die Opfer der Revolution. In sowjetischen Veröffentlichungen gilt das Stück als Beweis für die bolschewistischen Sympathien des jungen Komponisten und seiner Familie.»

«Von wem stammt der Titel?»

«Ich weiß es nicht. Schostakowitschs Tante Nadeshda Kokoulina, eine Schwester seiner Mutter, hat in einem Brief vom April Neunzehnhundertachtzehn geschrieben, daß der junge Schostakowitsch sein Klavierstück Trauermarsch zum Gedenken an Schingarjow und Kokoschkin genannt hat.»

«Da sieht es mit den Sympathien für die Bolschewisten nicht mehr so gut aus.»

«Schingarjow und mein Vater wurden am siebenten Januar Neunzehnhundertachtzehn ermordet. Noch im selben Monat gab es im Stojunina-Gymnasium, das Schostakowitsch besuchte, einen Gedenkgottesdienst mit Trauerreden auf Schingarjow und meinen Vater. Schostakowitsch hat auf dieser Veranstaltung seinen Trauermarsch gespielt.»

«Das war im Januar Achtzehn noch möglich?»

«Das war noch möglich. Vielleicht stammt der Titel Trauermarsch für die Opfer der Revolution doch auch von Schostakowitsch, später. Er ist zweideutig genug.»

Im Hotel sagte Kokoschkin: «Mama kam nach Hause und weinte. Sie sagte, Papa sei im Hospital gestorben. Ich weiß nicht, von wem sie erfahren hatte, was geschehen war.

Ich wollte ins Hospital, Papa noch einmal sehen.

Mama sagte, das gehe nicht, dort herrsche Seuchengefahr.

Sie weinte und schrieb einen Brief. Unser Hausmädchen brachte den Brief fort.

Das Hausmädchen kam nach zwei Stunden mit einer Antwort zurück.

Mama packte zwei Koffer, einen für mich, einen für

sich. Das Hausmädchen half ihr. Zuletzt legte Mama unsere Papiere, Geld und ein gerahmtes Foto von Papa in ihren Koffer.

Das Foto besitze ich noch. Es muß eine offizielle Aufnahme sein. Später, in einem Antiquariat, habe ich das Bild, neben einem Bild von Schingarjow, wiedergefunden: in der Berliner Illustrirten Zeitung vom dritten Februar Neunzehnhundertachtzehn. Unter dem Bild von Schingarjow steht: ‹Zwei Opfer des Petersburger Schreckensregiments: Der Minister im Kabinett Kerenskis, Schingarjow, der jetzt im Krankenhaus ermordet wurde.› Unter Papas Bild steht: ‹Minister Prof. Kokoschkin, der gleich Schingarjow von Soldaten auf dem Krankenbett in Petersburg ermordet wurde.› Ich weiß nicht, wer Papa beerdigt hat. Ich weiß nicht, wo er beerdigt ist.»

«Man sollte es jetzt herausfinden», sagte Hlaváček.

«Zu spät. Jedenfalls, wir zogen uns an und gingen mit unserem Hausmädchen los. Mama trug ihren Koffer, das Hausmädchen trug meinen.

Nach einem langen Fußmarsch erreichten wir das Haus, in dem Tante Ludmilla, Mamas Stiefschwester, mit ihrem Mann Grigori wohnte. Onkel Grigori arbeitete bei der Eisenbahn, er war nicht zu Hause.

Tante Ludmilla begrüßte uns weinend. Sie sagte: ‹Jetzt gibt es erst einmal Tee!› Wir setzten uns in der Küche um den Tisch.

Mama gab unserem Hausmädchen Geld und unseren Wohnungsschlüssel. Sie sagte: ‹Nehmen Sie in der Wohnung, was Sie wollen, und gehen Sie bald fort, bevor die Tscheka kommt.›

Das Hausmädchen weinte und verabschiedete sich.

Tante Ludmilla sagte, Mama werde in der Wohnstube auf dem Sofa schlafen, ich in der Küche auf einer Matratze.

Die Wohnung von Ludmilla und Grigori hatte nur zwei Zimmer.

Bald kam Grigori von der Arbeit. Er sagte zu Ludmilla, es sei richtig gewesen, daß sie uns aufgenommen habe.

Mama sagte: ‹Ich will mit dem Kleinen so schnell wie möglich fort von Petersburg.›

Grigori sagte: ‹Ich finde heraus, mit welchem Zug, und ich besorge zwei Plätze.›

Wir sind nur zehn Tage bei Ludmilla und Grigori geblieben.

Grigori war Lokführer. Er brachte uns zu seinem Zug und führte uns zu einem Waggon.

Unsere Papiere, das Geld und den Schmuck hatte Mama mittlerweile an sich genommen. Wir saßen in einem Abteil Zweiter Klasse. In den Dritte-Klasse-Wagen lärmten betrunkene Soldaten.

Ich weiß nicht mehr, wie lange wir unterwegs waren. Irgendwo sollten wir umsteigen, hatte Grigori uns gesagt. Wieder war der Zug endlos lange unterwegs. Ich weiß nicht mehr, wie oft wir umgestiegen sind. In meiner Erinnerung verschwimmt die Reise.»

«Wohin wollte Ihre Mutter mit Ihnen.»

«Nach Odessa.»

«Wollen Sie noch das Haus sehen, in dem Ihre Eltern mit Ihnen gewohnt haben?»

«Um Gottes willen, nein! Wir können meinetwegen morgen nach Prag zurückfliegen.»

Am Abend, im Hotel-Restaurant Wintergarten, sagte Kokoschkin: «Mama hatte in Petersburg davon gehört, die Ukraine habe ihre Unabhängigkeit von Rußland erklärt. Sie wollte mit mir ins freie Odessa. Bis heute weiß ich nicht, wie sie es in den damaligen Wirren geschafft hat, nach Odessa zu kommen.»

Hlaváček sagte: «Vom bolschewistisch beherrschten Teil Rußlands ins freie Odessa.»

«Sie hat es geschafft. Sie zog mit mir in eine einfache Pension. Es gab Gasthäuser, wo man preiswert essen konnte. Bald nach unserer Ankunft in Odessa, im März oder April, besetzten österreichische und deutsche Truppen die Ukraine. Wir fühlten uns sicher und gewöhnten uns an dieses Leben. Ich ging wieder in die Schule. In die ukrainische! Überhaupt, mir gefiel Odessa. Die südliche Stadt am Meer. Die breiten Straßen. Die Grünanlagen. Das Opernhaus! Mama nahm mich mit in die Oper. Und die verschiedenen Leute in der Stadt: Ukrainer, Russen, Juden, Rumänen, Griechen, Deutsche, Franzosen, Armenier, Georgier. Die Odessiten sind aufgeschlossen. Gott sei Dank – Mama hatte Geld mitgebracht. Aber sie verdiente auch etwas. Mama war eine gute Pianistin. Sie gab Klavierunterricht. Nicht in der Pension, sondern in den Häusern der Schüler. Das machte ihr Freude. Ich bin in Odessa gerne in die Schule gegangen.

Im Dezember Achtzehn landeten französische Truppen in Odessa. Sie blieben vier Monate, bis Mitte April Neunzehn.

Im April hatte Mama von den Eltern eines Klavierschülers gehört, Bunin sei in Odessa. Iwan Bunin! Sie liebte seine Bücher. Und Papa hatte ihr erzählt, Bunin habe während des Krieges einmal mit ihm gesprochen. Sie hätten nach einer Art Redaktionsbesprechung bei dem Verleger Grshrebin gemeinsam eine Droschke genommen und über das russische Volk geredet.

Die Eltern des Klavierschülers wußten aber nicht, wo Bunin wohnte. Mama fragte überall in der Stadt herum. Endlich bekam sie eine Adresse genannt und schrieb auf gut Glück einen Brief an Bunin: Er möge sich bitte mit ihr treffen.

Die Adresse stimmte. Vielleicht war der Name Kokoschkin der Grund, weshalb Bunin antwortete. Er schlug Mama ein Café vor. Ich durfte mitgehen. Und ich durfte auch bei allen späteren Gesprächen mit Bunin dabeisein, sogar abends.

Mama sagte zuerst, sie danke Bunin. Sie liebe seine Bücher. Sogar seinen ersten Prosaband Ans Ende der Welt habe sie gelesen und seinen ersten Gedichtband Unter freiem Himmel. Sie besitze die sechsbändige Ausgabe seiner Werke von Neunzehnhundertfünfzehn.

‹Ich habe sie besessen. Ich mußte sie in Petersburg zurücklassen.›

Dann sagte Mama, die Bolschewisten hätten im Januar Achtzehn ihren Mann ermordet.

Bunin sagte: ‹Ich weiß.› Er habe im März Achtzehn eine Rede Lenins auf dem Kongreß der Sowjets gelesen. ‹Was für ein Tier!› Vor der Abreise nach Odessa habe er ein Buch über die Bolschewiken gekauft. ‹Eine Galerie von ehemaligen Zuchthäuslern!›

Bunin fragte Mama, wo sie mit mir wohne.

‹In einer Pension. Wir teilen uns ein Zimmer.›

Er werde sich darum kümmern, daß wir zwei Zimmer in einer Wohnung bekämen.

Einige Tage darauf kam ein Brief von Bunin mit der Adresse von Dr. Stein. Mama möge sich an einem frühen Abend bei Dr. Stein einfinden.

Ich ging mit. Wir standen eine ganze Weile staunend vor Dr. Steins Haus.

Mama klingelte, und Frau Stein öffnete. Sie hieß uns willkommen und führte uns in den Salon. Mir fiel sogleich der große Kamin ins Auge. Wir setzten uns in Ledersessel. Frau Stein sagte, wir könnten die beiden Gästezimmer des Hauses beziehen. Das würden wir doch sicher wollen.

Miete brauchte Mama nicht zu bezahlen, statt dessen erbitte sie Mamas Hilfe im Haus: beim Einkaufen, beim Kochen, beim Saubermachen, beim Wäschewaschen und im Winter beim Heizen.

Mama war sofort einverstanden. Ich glaube, sie war

froh darüber, eine Beschäftigung zu finden, und wie ein Haushalt zu führen ist, das wußte sie.

Frau Stein zeigte uns das Haus. Alle Zimmer befanden sich im Parterre. Eine große Küche mit einem Eßtisch und sechs Stühlen, ein Bad mit einer freistehenden Wanne und einem kupfernen Badeofen, zwei Toiletten, der Salon, ein Speisezimmer, die beiden Gästezimmer; das Schlafzimmer von Steins zeigte sie uns nicht. Im Keller gab es den Heizraum, den Kohlenkeller, eine Waschküche und einen Vorratsraum.»

«Ein Traum in Odessa», sagte Hlaváček.

«Dazu gab es noch einen Garten rund um das Haus, den ein Gärtner in Ordnung hielt. Am nächsten Nachmittag zogen wir mit unseren beiden Koffern ein. Ich war glücklich. Ein eigenes Zimmer, Mama nebenan, ein Gefühl der Geborgenheit und der Sicherheit. Am Abend kam Dr. Stein nach Hause. Er hatte seine Praxis in der Stadt. Ein großer, starker Mann. Er trug einen kurzgeschnittenen Vollbart. Auf den ersten Blick streng, auf den zweiten Blick herzlich. Seine Frau übrigens war seine Helferin in der Praxis.

Die beiden Steins waren den ganzen Tag in der Praxis beschäftigt, so daß ich manchmal meinte, das Haus gehöre uns.

An den Wochenenden waren Steins zu Hause. Oft kamen abends Gäste.

Gelegentlich kam Bunin mit seiner Frau Vera Nikolajewna. Ich durfte dabeisein. Er sprach über den Putsch der Bolschewisten. Und keine guten Nachrichten aus Europa.

Dort sei man fest entschlossen – keinerlei Einmischung in die inneren Angelegenheiten Rußlands. ‹Ja, ja, das nennt sich ‚innere Angelegenheiten', wenn Verbrecher am hellichten Tag im Nachbarhaus rauben und morden.›

Einmal sprach Bunin über Gorki. Seit Neunzehnhundert sei er mit ihm befreundet gewesen. Jetzt sei es mit der Freundschaft vorbei. Gorki sei ein Anhänger der Bolschewisten geworden. Mehr noch, ein Wortführer. ‹Wie verkommen, wie begeistert ist Gorki!›

Über die Phrasen der Bolschewisten regte er sich oft auf: Die Revolution sei eine Elementargewalt! Erdbeben, Pest und Cholera seien auch Elementargewalten. Doch niemand preise sie. Man bekämpfe sie. Die Revolution aber werde fortwährend ‹vertieft›.

‹Ich lese gerade Lenôtre›, sagte er. ‹Saint-Just, Robespierre, Couthon … Lenin, Trotzki, Dserschinski … Wer ist niederträchtiger, blutrünstiger, widerlicher? Natürlich die in Moskau. Aber die in Paris waren auch nicht schlecht.›

Wir lebten gerne bei den Steins. Mama besorgte Steins Haushalt, ich ging zur Schule.

Dann die Katastrophe. Wir waren noch keine drei Monate in Odessa, Bunin nur wenige Wochen, da zogen – nach dem Abzug der Franzosen – bolschewistische Truppen ein.

Mama ging kaum noch aus dem Haus. Frau Stein mußte die meisten Einkäufe allein besorgen. Es gab bald immer weniger zu kaufen. Die Preise stiegen schnell an.

Bunin haben wir in dieser Zeit nicht gesehen. Er und seine Frau versteckten sich in ihrer Wohnung.

Ich ging unbekümmert in die Stadt, obwohl Mama ständig Angst um mich hatte. Abends wurden keine Laternen mehr angezündet. Aber man sah leuchtende rote Sterne, zum Beispiel an den sogenannten Clubs, am Lenin-Club, am Swerdlow-Club, am Trotzki-Club. Überall hingen primitive Plakate gegen die Weißen.

Bunin hatte nie einen Hehl daraus gemacht, daß er die bolschewistische Machtergreifung verabscheute. Die Bolschewisten hätten ihn in Odessa aus der Wohnung holen und erschießen können. Aber es passierte ihm nichts. Später hieß es, der Maler Pjotr Alexandrowitsch Nilus habe ihn gerettet. Nilus war ein alter Freund Bunins. Er wohnte im selben Haus. Und er wurde als Maler von den Bolschewisten geschätzt. Nilus soll an den Volkskommissar für Bildungswesen, Lunatscharski, in Moskau telegraphiert haben, Lunatscharski möge den berühmten Schriftsteller Bunin schützen. Ausgerechnet Lunatscharski, den Bunin als Scheusal betrachtete.

Es wird gesagt, Nilus habe aus Moskau einen Schutzbrief für Bunin bekommen, der das Odessaer Revolutionskomitee der Bolschewisten daran hinderte, Bunin zu erschießen.

Im Sommer zogen die bolschewistischen Truppen ab. Bunin sagte zu Mama: ‹Die kommen zurück. Für immer. Aber vorher gehe ich mit meiner Frau fort. Sie sollten auch gehen.›

Dr. Stein glaubte ebenfalls, daß die Bolschewisten zurückkehren würden. Er sagte zu Mama, seine Frau und er hätten beschlossen, die Praxis aus der Stadt in das Haus zu verlegen; er müsse Mama bitten, mein Zimmer zu räumen, weil er es für die Praxis brauche. Wir sollten fortan beide in Mamas Zimmer wohnen. Ich weiß nicht, ob er Mama zu verstehen geben wollte, daß es besser für uns wäre, Odessa zu verlassen.

Bunin riet Mama im Dezember noch einmal, fortzugehen.

‹Aber wohin!› fragte Mama.

‹In die Türkei.›

‹Und wie?›

‹Mit einem Schiff.›

‹Was sollen wir in der Türkei.›

‹Nach Europa fahren.›

Mama wollte nicht fort. Schon gar nicht im Winter.»

«Das begreife ich nicht», sagte Hlaváček. «Sie ist doch auch aus Petersburg weggegangen.»

«Ebendeshalb. Der Schock dieser Flucht. Sie fühlte sich bei Dr. Stein geborgen. Er bot uns Kost und Logis, sie führte Steins Haushalt. Und sie wollte mich nicht schon wieder aus der Schule nehmen.

Ende Dezember Neunzehnhundertneunzehn mußte ich in Mamas Zimmer ziehen. Frau Stein gab uns einen Paravent, der Mamas Zimmer teilte. Dr. Stein verlegte seine Praxis in die Wohnung. Das Speisezimmer wurde zum Behandlungsraum. Mein Zimmer wurde das Wartezimmer. Die eine der beiden Toiletten war die Patiententoilette. Auf die Haustür spannte Dr. Stein eine Rotkreuzfahne.

Ende Januar Neunzehnhundertneunzehn besuchten die Bunins Dr. Stein. Wir wurden in den Salon gerufen. Die Bunins verabschiedeten sich von Dr. Stein und dessen Frau, von Mama und mir. Bunin sagte zu Mama: ‹Sie gehören nach Europa.›

Am sechsten Februar Neunzehnhundertzwanzig begleiteten die Steins und wir Bunin und dessen Frau Vera zum Hafen. Sie bestiegen das Schiff ‹Dmitry› nach Konstantinopel. Es war das letzte Schiff, das aus dem freien Odessa in die Türkei fuhr.

Am nächsten Tag marschierte die bolschewistische Kavalleriebrigade Kotowski in Odessa ein.»

Hlaváček sagte: «Und Ihre Mutter ist mit Ihnen noch zwei Jahre geblieben.»

«Zwei Jahre. Dann wollte auch sie weg. Meinetwegen. Die Bolschewisierung der Schule …»

«Makarenko?»

«Die kommunistische Kollektiverziehung griff um sich. Übrigens, Makarenko stieg später zum Hauspädagogen des sowjetischen Staatssicherheitsdienstes auf.»

«Das wusste ich nicht.»

«Meine Reiselust ist gestillt», sagte Kokoschkin. «Bis zu meiner Rückreise in die Staaten soll Berlin das Standquartier sein.»

Am nächsten Morgen, 24. August, flogen Kokoschkin und Hlaváček nach Berlin.

Zweiter Tag auf See

10. September 2005

Am Morgen des zweiten Tages auf See verzichtete Kokoschkin wieder auf das Frühstück im Britannia Restaurant. Die Aussicht, dort Olga Noborra zu treffen, war gering.

Der Monitor in der Kabine zeigte 20° C Außentemperatur an. Kokoschkin beschloß, den Vormittag mit Lektüre im Liegestuhl auf dem Promenadendeck zu verbringen.

Im Aufzug ein älteres Ehepaar in Bademänteln und Badesandalen. Die Frau sagte: «Das ist nicht unsere normale Garderobe. Wir gehen schwimmen!»

Morgenaktivitäten! Die Passagiere können von 9:00 bis 11:30 Uhr wählen: Bridge-Unterricht für Anfänger, Golfsimulator, Shuffleboard-Turnier, Kunstauktion, Royal Academy of Dramatic Art-Workshop, Musikquiz, Schmuck-Fashionshow, Tuchbinden («Bitte bringen Sie Ihr eigenes quadratisches Tuch mit»), Rätselrunde und noch mehr.

Kokoschkin fragte sich: Wollen die Passagiere das? Ja, sie wollen es.

Kokoschkin wollte es nicht. Er lag im Liegestuhl, sein Blick suchte den Horizont ab. Kein Schiff weit und breit. Es war sonnig. Die See ruhig. Das gleichmäßige Tempo des Schiffes erschien Kokoschkin menschengemäß. Die Frage der meisten Passagiere, die die «Morgenaktivitäten» wählten, schien zu lauten: Wie schlagen wir die Zeit tot? Sie flohen die Ruhe auf See.

Kokoschkin, der die Ruhe suchte, hatte anderes im Sinn. Er wollte die Zeit verlängern.

Olga Noborra kam zum Lunch. Kokoschkin freute sich und sagte es ihr.

Sie fragte ihn, ob er sein Buch über Halme und Gräser auf die Reise mitgenommen habe. Sie wolle es sich ansehen. Auch ihr Mann interessiere sich dafür.

«Ich werde es Ihnen aus Boston schicken.»

«Erinnern Sie mich bitte daran, daß ich Ihnen unsere Adresse gebe.»

Lucy sagte: «Wie geht es Ihnen, Herr Sachnowski?»

«Danke. Ich habe mich erholt. Allerdings ... Auf diesem Schiff gibt es alles, nur keine Übungsräume für Musiker.»

«Sie haben uns gar nicht verraten, welches Instrument Sie spielen», sagte Frank.

«Fagott.»

«Ich liebe Fagott.»

«Das freut mich.»

«Soviel ich weiß, gibt es ziemlich wenig Kompositionen für Fagott als Soloinstrument.»

«Verglichen mit Trompete, Flöte, Oboe, Horn – ja. Ganz zu schweigen von Klavier, Violine, Cello ... Aber es gibt doch genug, um sich zu beschäftigen.»

«Das glaube ich Ihnen wohl. Haben Sie schon einmal als Solist eines Fagottkonzertes gespielt?»

«Nein. Ich arbeite daran. Aber bis dahin ist es noch weit.»

«Welches Konzert ist es?»

«Das Konzert in g-Moll von Franz Danzi.»

Der Kellner wartete.

Olga Noborra bestellte Chilled Tomato Soup mit Gin and Basil und Navarin of Lamb, Root Vegetables, Saffron Rice. Zum Dessert Panna Cotta mit Apricot Compote.

Kokoschkin ließ die Vorspeise aus und bestellte wieder Grilled Swordfish Steak, Lemon and Oregano Oil, Niçoise Olive Relish. Als Dessert Sugar Free Ice Coffee Strasbourg.

Oakley sagte, die Schöpfer des Klonschafes Dolly hätten sechs menschliche Embryonen erzeugt, ohne dabei Spermien zur Befruchtung einzusetzen. Es handle sich um künstlich hervorgerufene Teilungen von Eizellen. Jungfrauenzeugung oder Parthenogenese nenne man das.

Lucy bemerkte, sie wisse nicht, ob das ein geeignetes Gesprächsthema beim Lunch sei. Oakley sagte, Frau Lucy verfüge offenbar über einen Kanon tischuntauglicher Themen.

«Ach, Herr Oakley, ich frage mich nur, ob es nicht auch schöne Dinge gibt, über die man beim Essen reden kann.»

«Liebe Frau Lucy, die Parthenogenese erlaubt es vielleicht einmal, Stammzellen zu erzeugen für die Produktion von menschlichem Gewebe oder von Organen. Man könnte Krankheiten heilen, die bis jetzt unheilbar sind. Womöglich kommt es Ihren eigenen Kindern zugute. Ist das nicht schön?»

Sachnowski sagte: «Ist es jemandem aufgefallen, daß die meisten Passagiere Senioren sind? Wir leben in einem schwimmenden Seniorenheim.»

«Für mich», sagte Frank, «ist das Schiff ein Raum für mystische Gedanken.»

«Zum Beispiel?» fragte Oakley.

«Ich denke, daß es einen persönlichen Gott gibt, der mich unendlich liebt. Er tut alles, damit ich glücklich bin. Ich muß ihn nur lieben. Und ich liebe ihn. Er hat mir sogar zwei Schutzengel beigesellt.»

«Glauben Sie das?»

«Es ist bewiesen.»

«Wie das!»

«Ich war mit Lucy in Singapur. Dort hatte ich ihr einen kostbaren Ring gekauft. Am Morgen im Hotel legte Lucy den Ring im Badezimmer ab. Wir gingen zum Frühstück. Beim Kaffee fiel ihr plötzlich ein, daß sie den Ring im Badezimmer liegengelassen hatte. Wir eilten in unser Apartment, gingen ins Bad, und der Ring war weg. Lucy untröstlich. Ich sagte zu ihr: ‹Es wird alles gut.› Wir gingen zurück in den Frühstücksraum. Plötzlich sieht Lucy den Ring neben ihrem Stuhl auf dem Fußboden liegen! Ich sagte: ‹Das haben meine Schutzengel gemacht!› Seitdem glaubt Lucy auch.»

«Ganz fest!» sagte Lucy.

Niemand sagte etwas.

Frank sagte: «Ein anderes Beispiel: Wir fahren mit dem Auto von Richmond in die City zum Museum. Ich ahne schon, daß ich keinen Parkplatz finden werde. Plötzlich, vorm Museum, verläßt ein Wagen den Parkplatz, und ich kann direkt vor dem Museum parken. Das haben meine Schutzengel für mich gemacht.»

«Warum sind es zwei Schutzengel?» fragte Sachnowski.

«Sie stehen mir bei, einer links und einer rechts.»

Oakley sagte: «Jemand anderem haben sie nicht beigestanden.»

«Wie meinen Sie das», sagte Lucy.

«Seit gestern wird jemand vermißt.»

«Ein Passagier?»

«Eine Passagierin.»

«Wo könnte sie sein.»

«Auf dem Schiff oder bei den Fischen.»

«Kostenlose Seebestattung», sagte Sachnowski.

«Ich bitte Sie», sagte Frank. «Diesen Satz hätten Sie sich wirklich sparen können. Sie sind Musiker. Aber Sie sind geschmacklos.»

«Wenn das Ihr Kriterium für Geschmack ist.»

Lucy sagte: «Woher weiß man, daß die Frau vermißt wird.»

«Woher! Woher!» sagte Oakley. «Ihr Mann hat sie als vermißt gemeldet. Es ist übrigens ein großer Herr aus den oberen Etagen.»

«Was heißt das.»

«Er wohnt in einer Royal Suite am Bug. Großer Ausblick aufs Meer. Marmorbad und Whirlpool. Concierge- und Butlerservice. Man speist im Restaurant Queens Grill.»

Sachnowski sagte: «Ich bin gestern ins Restaurant Queens Grill gegangen. Der Kellner fragte mich: ‹Haben Sie reserviert?› Ich: ‹Nein.› Der Kellner: ‹Dann tut es mir leid›, und er komplimentierte mich hinaus. Im Queens Grill speisen die Passagiere der Kabinen-Kategorien Q Sieben bis Q Eins: ab siebentausend Euro aufwärts.»

«Bis?» fragte Lucy.

«Siebenundzwanzigtausend Euro. Das ist eine Grand Duplex Suite, zweistöckig, zweihundert Quadratmeter.»

«Wohin könnte die Frau sein, wenn sie nicht im Wasser ist», sinnierte Lucy.

Oakley sagte: «In einer Kabine. Eines anderen Mannes. Vielleicht hat sie ihren Ehemann verlassen. Oder der andere Mann hat sie gewaltsam in seine Kabine gebracht.»

«Dann könnte sie um Hilfe rufen.»

«Nicht, wenn sie betäubt ist. Oder tot.»

«Sagen Sie nicht so etwas.»

«Vielleicht ist sie aber über Bord gegangen.»

«Freiwillig?»

«Warum nicht. Es gibt viele Gründe. Und nichts geht leichter, als nachts mitten auf dem Atlantik von der Reling ins Meer zu springen.»

«Furchtbar.»

«Oder sie ist ins Meer gestoßen worden. Vielleicht sogar von ihrem Ehemann, der sie anschließend als vermißt meldet.»

Sachnowski sagte: «Vielleicht vermißt er sie.»

Frank blickte Sachnowski mißbilligend an.

«Wie nun weiter», sagte Lucy.

Oakley sagte: «Befragungen, Durchsuchungen. Es ist übrigens eine Deutsche ...»

«Wie alt?»

«62 Jahre.»

Sachnowski sagte: «Wie im richtigen Leben.»

Kokoschkin fragte Olga Noborra, ob sie sich am Abend im Royal Theatre eine Tanzshow ansehen wolle. Extravaganz aufregender Stile aus der ganzen Welt, heiße es.

«Nur im äußersten Notfall ...»

«Von ...»

«Langeweile.»

«Um diesen Notfall handelt es sich.»

Olga Noborra lachte. «Also gut.»

«Zwanzig Uhr fünfundvierzig.»

In Churchill's Cigar Lounge saßen drei Raucher. Kokoschkin fragte den Mann, der Fabrikanlagen in Entwicklungsländern baut, ob er sich zu ihm setzen dürfe.

«Aber gerne.»

Kokoschkin zündete sich eine Juan Clemente an.

«Sie sprachen vom Bau von Produktionsanlagen in Entwicklungsländern ...»

«Genau. Als Joint Ventures.»

«Ich stelle mir das als sehr kompliziert vor: politisch, rechtlich, organisatorisch.»

«Vergessen Sie nicht, daß diese Länder unsere Fabriken wollen. Sie profitieren davon, politisch, wissenschaftlich-technisch, finanziell. Man braucht natürlich hochrangige Partner in den Regierungen und Verwaltungen. Das oberste Ziel muß der angemessene Profit sein, auch kurzfristig. Und was das Menschliche betrifft: Man darf nicht versuchen, so zu sein wie die Vertragspartner. Die Partner erwarten von uns Klarheit der Analyse, Direktheit des Ausdrucks und Entscheidungsfähigkeit.»

«Alles gut und schön. Aber es gibt unterschiedliche gesellschaftliche Verhältnisse: halbfeudale Länder, junge Demokratien, reine Diktaturen.»

«Ja. Und?»

«Ist es für Ihre Zwecke einfacher, in Ländern tätig zu sein, die keine Diktaturen sind?»

«Demokratien oder Diktaturen! Das ist für uns vollkommen gleichgültig. Wir arbeiten in demokratischen Ländern und in Diktaturen. Das einzige Kriterium für uns ist, daß wir profitabel arbeiten.»

«Wenn es Ihnen nur auf den Gewinn ankommt – stabilisieren Sie die Diktaturen mit Ihren Anlagen nicht?»

«Sie reden schon wie diese Menschenrechtler! Die faseln am grünen Tisch von Meinungsfreiheit und Bürgerrechten, aber sonst bringen sie nichts zustande, weder Maschinen noch Autos, weder Staudämme noch Kraftwerke!»

«Ich habe persönliche Gründe, anders zu denken als Sie.»

«Das ist Ihr gutes Recht. Aber es ändert nichts an den wirtschaftlichen Bedingungen in der Welt.»

Kokoschkin stand auf und verabschiedete sich.

Der Mann sagte: «Nun seien Sie doch nicht gleich verstimmt.»

Wieder ließ Kokoschkin das Dinner im Britannia Restaurant aus; er nahm ein kleines Abendessen von einem Büfett im Kings Court. Bei Tisch kam er mit einem älteren Ehepaar ins Gespräch. Der Mann sagte recht bald, er schreibe leidenschaftlich gerne Kurzgeschichten. Aber niemand wolle sie drucken.

«Da sind Sie sicher in guter Gesellschaft.»

Der Mann sagte, er lese viel. Er hasse allerdings Geschichten mit F-Wörtern.

«Aber die werden gedruckt», sagte Kokoschkin.

«Ja. Leider.»

Das Theater vollbesetzt. Die Zuschauer in festlicher Abendgarderobe. Die Tanz-Show mußte wegen des Seeganges ausfallen. Statt dessen ein Jongleur. Statt zu jonglieren, redete er über Jonglieren. Einige seiner Nummern mißlangen. Er sagte entschuldigend: wegen des Seeganges.

Olga Noborra stand auf. Kokoschkin hatte darauf gewartet. Sie verließen das Theater. Andere Besucher gingen auch.

Kokoschkin fragte Olga Noborrra, ob sie nach diesem Erlebnis noch neugierig darauf sein wolle, Commodore's Black and White Gala Ball im Queens Room zu besehen.

Sie fanden keinen Platz an einem der kleinen Tische rund um die Tanzfläche und blieben am Rand stehen. Die Förmlichkeit des Gewoges amüsierte Olga. Kokoschkin sah, daß sie nicht dazu aufgelegt war, sich in die tanzende Menge ziehen zu lassen.

«Mir ist auch nicht danach, mit meinen Fünfundneunzig», sagte er.

Er folgte ihr aus dem Saal und begleitete sie zum Aufzug.

Olga Noborra sagte: «Morgen Frühstück im Kings Court?»

«Zehn Uhr?»

«O. K. Bis morgen.»

Kokoschkin ging im Golden Lion Pub an die Bar. Der Keeper erzählte beiläufig, er habe für sechs Monate auf dem Schiff angeheuert und arbeite täglich zwölf Stunden. Das lohne sich, sei aber doch ziemlich anstrengend.

Kokoschkin sagte, seit dem ersten Reisetag habe er nur ein einziges anderes Schiff auf dem Atlantik gesehen.

«Das liegt an unserer besonderen Route», sagte der Keeper. «Die Containerschiffe nach Amerika und retour fahren auf einer anderen.»

«Flugzeuge habe ich überhaupt nicht gesehen.»

«Die Transatlantikflüge verlaufen weiter nördlich.»

Kokoschkin und Jakub Hlaváček stiegen am 25. August 2005 vor dem Hotel Bogota in ein Taxi.

«Wir kamen am fünfzehnten Juli Neunzehnhundertzweiundzwanzig am Schlesischen Bahnhof an. Ich war müde, aber wach», sagte Kokoschkin. «Ich war zwölf Jahre alt. Mama rief einen Gepäckträger. Der brachte uns zu einer Autodroschke. Wir fuhren zum Viktoria-Luise-Platz im Bayerischen Viertel.»

Kokoschkin sagte zu dem Taxifahrer: «Wir steigen Münchner Straße Ecke Viktoria-Luise-Platz aus.»

Er ging mit Hlaváček nur wenige Schritte und sagte: «Das ist das Haus, zu dem Mama wollte. Auf der dritten und vierten Etage befand sich die Pension Crampe. Ein Glück, daß es nicht ausgebombt wurde.»

«Woher hatte Ihre Mutter die Adresse.»

«Wahrscheinlich von Bunin. Er kannte Nina.»

«Nina?»

«Nina Berberova.»

«Ach so. Ich habe Bücher von ihr gelesen.»

«Bunin wußte, daß sie nach Berlin wollte.»

«Aber Bunin ist doch Neunzehnhundertzwanzig aus Odessa nach Paris geflohen.»

«Offenbar hat er Kontakt zu Nina in Rußland gehalten, oder zu ihrem Lebensgefährten, dem Dichter Chodassewitsch. Als sie Neunzehnhundertzweiundzwanzig mit Chodassewitsch nach Berlin gekommen war, hat sie es Bunin nach Paris geschrieben.

Und er hat es meine Mutter in Odessa irgendwie wissen lassen.»

Kokoschkin versuchte, durch die Scheibe der Haustür ins Treppenhaus zu blicken. «Der alte Marmor ...»

Hlaváček sagte: «Ihre Mutter ging praktisch mit einer Empfehlung von Bunin zu Nina Berberova.»

«So ungefähr. Nina nahm uns herzlich in die Arme. Sie bürgte bei Frau Crampe für uns. Wir bekamen ein Zimmer mit dem Blick auf den Hof.

Mama war sehr froh, daß Rußland hinter uns lag. Und daß sie neue Freunde gefunden hatte, gleichgesinnte, die nichts mit den Bolschewisten zu tun haben wollten.»

«Das trifft zumindest auf Nina Berberova und Chodassewitsch zu.»

«Ja. Mama hatte sich in Odessa Geld zusammengeborgt für die Reise nach Deutschland. Als wir in Berlin ankamen, war sie blank.

Nina sagte zu ihr: ‹Machen Sie sich keine Sorgen, wir beschaffen etwas für Sie.›

Es gab Hilfsorganisationen für Flüchtlinge aus Rußland. Aber es gab auch bolschewistische Leute. Agenten, Spitzel. Vor denen hatte Mama Angst. Besser gesagt: Sie hatte Angst um mich. Ab Dreiundzwanzig war der Komintern-Strolch Radek in Berlin.

Herr Hlaváček, lassen Sie uns in das Café dort drüben gehen.»

Im Café sagte Kokoschkin: «Der Anblick des Springbrunnens … Ich habe oft am Springbrunnen gespielt. Und auf dem Rasen. Mir fällt manches wieder ein. Vieles, was ich damals noch nicht verstehen konnte, hat Mama mir später erklärt. Sie wußte es oft aus abendlichen Gesprächen mit Nina Berberova. Knapp vier Monate nach unserer Ankunft war Nabokovs Vater, Wladimir Dmitrijewitsch, in Berlin ermordet worden. Die Mörder hatten es auf Miljukow abgesehen, der Außenminister im ersten Kabinett der Provisorischen Regierung gewesen war. Nabokovs Vater wollte Miljukow zu Hilfe kommen und wurde erschossen. Drei Monate vor unserer Ankunft hatte Deutschland das sowjetische Regime diplomatisch anerkannt. Rapallo.»

Hlaváček sagte: «Das bedeutete aber …»

«… daß die russischen Emigranten zu Staatenlosen wurden.»

«Falls sie keinen sowjetischen Paß haben wollten.»

«Mama und ich waren in Deutschland von Anfang an staatenlos. Einen sowjetischen Paß wollte Mama auf keinen Fall. Sie hat bei der deutschen Behörde einen Nansen-Paß beantragt.»

«Und bekommen?»

«Ja.»

«Aber der Nansen-Paß war nur ein Jahr gültig.»

«Immerhin. Und er wurde von über fünfzig Staaten anerkannt.»

Hlaváček sagte: «Wollen wir nicht in das Haus gehen?»

«Nur wie. Die Haustür ist verschlossen.»

«Wir warten vor der Haustür, bis jemand herauskommt oder hineingeht.»

Eine ältere Frau kam auf das Haus zu und zog einen Schlüssel aus der Tasche.

«Entschuldigen Sie bitte», sagte Hlaváček, «dürfen wir mit Ihnen das Haus betreten? Wir möchten den Treppenaufgang sehen.»

«Ungern», sagte die Frau, «in letzter Zeit wurde viel gestohlen.»

«Ich bitte Sie! Sehen wir aus wie Diebe? Wir sind Nostalgiker.»

«Na kommen Sie. Aber nur kurz.»

Im Vestibül die halbhohe Wandverkleidung und die Andeutung eines Kamins aus braunem, weißgesprenkeltem Stein, Marmor oder Granit. Die ersten vier Stufen weißer Marmor.

«Die Statue mit der elektrischen Fackel in der Hand fehlt», sagte Kokoschkin.

«Gestohlen», sagte die alte Frau. Sie verschwand im Aufzug.

Das Treppengeländer. Der Frauenkopf aus Holz geschnitzt, auf der ersten Säule des Geländers. Der Blick der Frau abweisend.

Kokoschkin und Hlaváček stiegen die Treppe hinauf. Erster Halt auf der dritten Etage.

«Hier und auf der vierten Etage war die Pension», sagte Kokoschkin. «Wir wohnten auf der vierten.»

Eine Treppe höher zweiter Halt. Kokoschkin stand vor der Tür zur Pension. «Ich bin wieder zwölf Jahre alt und komme vom Spielen nach Hause zu Mama. Die Pension war mein neues Zuhause.»

Der Weg treppab. Zu seiten der Haustür Bleiglasfenster.

Auf dem Bürgersteig. Kokoschkin zeigte auf die Apotheke auf der linken Seite des Hauses. «Gehen wir hinein.»

«Womit kann ich helfen?» fragte die Apothekerin.

«Vor langer Zeit war hier das Restaurant Zum Spaten. Wissen Sie davon?»

«Nein. Aber fragen Sie meinen Chef.»

Der Chef stand neben ihr und sagte: «Ja. Zum Spaten. In diesen Räumen.»

«Es ist schön, daß man es noch weiß», sagte Kokoschkin.

Auf der Straße sagte Hlaváček: «Wer von den russischen Pensionsgästen fiel Ihnen am meisten auf.»

Sie setzten sich auf eine Bank mit dem Blick zur Fontäne.

«Chodassewitsch, der Lebensgefährte von Nina. Ich nannte ihn beim Vor- und Vatersnamen Wladislaw Felizianowitsch. Und er nannte mich Kleinen Fjodor Fjodorowitsch. Das schmeichelte mir sehr. Chodassewitsch galt als unsympathisch, aber ich mochte ihn. Vielleicht ist es teilweise eine nachträgliche Sympathie, weil er nicht nach Sowjetrußland zurückgegangen ist wie andere, zum Beispiel Belyj.

Chodassewitsch war ein schmächtiger Mann, fast dürr. Er trug langes Haar, in der Mitte gescheitelt. Das Haar schwarz. Er hatte ein hageres Gesicht, große Augen. Immer einen Zwicker auf der Nase. Im Gesicht sah er grau aus, vielleicht weil er immerzu Zigaretten rauchte.»

«Und Belyj?»

«Wenn man ihn sah, auf der Straße, auf der Treppe, hatte man das Gefühl, daß er schwebt.»

«Seltsam, von Belyj hört man viel, von Chodassewitsch nichts.»

«Seine Gedichte sind erst nach der sogenannten Perestroika in Rußland erschienen. Als Zwölfjähriger spürte ich, daß er etwas Besonderes war. Erst in den neunziger Jahren habe ich erfahren, daß man ihn als einen der größten Dichter Rußlands ansieht.»

«Die Russen in der Pension blieben wohl meistens unter sich. Ihre Mama und Sie, der zwölfjährige Junge, sprachen kein Deutsch. Hatten Sie nicht das Gefühl, im eigenen Saft zu schmoren?»

«Das weiß ich nicht. Ich hatte dieses Gefühl nicht. Gut, auf dem Viktoria-Luise-Platz, am Springbrunnen, auf der Wiese, die deutschen Kinder nannten mich ‹Russki›. Aber sie hatten Respekt vor mir und haben mit mir gespielt.»

«Hat Ihre Mama nicht versucht, Sie zur Schule zu schicken?»

«Sie hat sich erkundigt und hat erfahren, daß es ein

deutsch-russisches Realgymnasium in der Nachodstraße gab, die St.-Georgs-Schule. Ich hätte in diese Schule gehen können, aber ich hatte keine Lust dazu. Mama hat nicht darauf bestanden, weil sie nicht wußte, wie es mit uns weitergehen sollte. Und das Schulgeld hätte sie nicht bezahlen können.

Aber etwas lernte ich doch. Mama hatte in der Motzstraße ein Banjo aufgetrieben. Ich lernte Banjo. Ganz allein. Und dazu habe ich gesungen. Ab und zu gab Chodassewitsch mir Tips. Er kannte sich mit der Balalaika aus. Eine eigenartige Mischung. Ich sang russische Volkslieder zum Banjo!»

«Anfang September sagte Nina zu Mama ‹Wir gehen Ende des Monats nach Saarow›.»

‹Sie gehen von Berlin fort? Um Gottes willen, was soll ich da machen.›

Mama war älter als Nina, aber sie verhielt sich wie die Jüngere. ‹Wo liegt Saarow.›

‹Nicht weit von Berlin. Ungefähr siebzig Kilometer östlich.›

‹Aber warum gehen Sie dorthin.›

‹Dort wird Maxim Gorki sein. Chodassewitsch hilft ihm bei der Herausgabe einer Zeitschrift. Besseda heißt sie.›

‹Mein Gott›, sagte Mama, ‹was soll ich ohne Sie tun.›

‹Kommen Sie und Fjodor doch einfach mit. Saarow ist ein kleiner Ort an einem großen See. Es wird Ihnen und Ihrem Jungen guttun.›

‹Wo sollen wir dort wohnen.›

‹Im Bahnhofshotel. Dort wohnen wir auch. Es ist nicht teuer. Das Zimmer pro Bett eine Mark. Im Hotelrestaurant kann man preiswert essen.›»

Kokoschkin sagte: «Unsere Abreise nach Saarow fand noch lange nicht statt. Das war Mama recht. Sie scheute jeden Ortswechsel. In Berlin, in der Pension Crampe, fühlte sie sich geborgen. Nina und Chodassewitsch fuhren im August drei Tage nach Heringsdorf, wo Gorki sich seit Juni aufhielt. Am fünfundzwanzigsten September zog Gorki mit seinem Anhang nach Saarow. Aber Nina und Chodassewitsch waren Mitte November noch immer in Berlin.

Als wir mit den beiden nach Saarow aufbrachen, roch die Luft schon winterlich.

Wir fuhren mit zwei Autodroschken zum Schlesischen Bahnhof. Gepäckträger brachten die Koffer zum Bahnsteig.

Plötzlich fing Mama an zu weinen.

‹Was ist mit Ihnen›, fragte Chodassewitsch.

‹Hier sind wir angekommen, und jetzt habe ich das Gefühl, daß wir den sicheren Boden verlassen.›

‹Aber wir fahren doch nicht nach Rußland!›

‹Und wir kehren nach Berlin zurück›, sagte Nina.

Mama hatte in der Pension Crampe zu mir gesagt, sie fürchte sich auch davor, daß das Bahnhofshotel in Saarow vielleicht nicht geheizt sei.»

«Herr Hlaváček», sagte Kokoschkin, «fahren wir doch nach Saarow. Bad Saarow, wie es jetzt heißt. Bitte bestellen Sie zwei Zimmer im Bahnhofshotel. Ich erkundige mich nach der Zugverbindung.»

Am nächsten Tag fuhren Kokoschkin und Hlaváček vom Bahnhof Zoo mit dem Regionalexpreß bis Fürstenwalde, wo sie in den Zug nach Bad Saarow umsteigen wollten.

«Die Bahnfahrt bis Fürstenwalde dauerte damals ungefähr eine dreiviertel Stunde. In Fürstenwalde hätten wir in die Kreisbahn nach Beeskow umsteigen sollen, die nach fünfundzwanzig Minuten in Saarow hielt.

Aber Chodassewitsch hatte genug von der Bahn. ‹Wir nehmen zwei Autodroschken.›

Nina war verwundert, aber sie meinte nur ‹Wie du willst›.

Die Fahrt über Petersdorf dauerte zwanzig Minuten. Die Autodroschken fuhren am Bahnhofshotel Saarow vor. Ich hatte den Eindruck, das sei es gewesen, was Chodassewitsch gewollt hatte. Am Hotel vorfahren. Er bezahlte beide Droschken.

Auf dem Bahnhofsplatz lag ein Hauch von Schnee, die Sonne war hervorgekommen, der Bahnhof leuchtete. Die gelbe Fassade, das Fachwerktürmchen, das rote Ziegeldach. Die Holzsäulen, die das freie Dach zu beiden Seiten des Gebäudes trugen.

Im Hotel war es natürlich warm; Mama lächelte.»

In Fürstenwalde stiegen Kokoschkin und Hlaváček in den Zug nach Bad Saarow. Auf dem Saarower Bahnhofsvorplatz drehte Kokoschkin sich um. Der Bahnhof leuchtete.

«Wie vor achtzig Jahren!» sagte Kokoschkin.

Hlaváček, der eine Broschüre hochhielt, sagte: «Der Bahnhof etcetera wurde kürzlich generalsaniert. Er war fünfzig Jahre lang dem Verfall preisgegeben gewesen. Und noch etwas: Der Ortskern von Bad Saarow war fast fünfzig Jahre lang von der Sowjetarmee besetzt. Das besetzte Areal von einem hohen grünen Bretterzaun umgeben. Einheimische durften nicht hinein. Die Sowjets wußten auch, daß Saarow ein bekömmliches Heilbad ist. Die Villen im sowjetischen Bereich waren gut für Offiziere. Bis Neunzehnhundertvierundneunzig. Am Ende konnte man sehen, daß die Villen vollkommen heruntergewirtschaftet waren.»

«Und jetzt?»

«Alles saniert.»

Sie gingen zum Bahnhofshotel am linken Ende des Bahnhofsvorplatzes.

Hlaváček sagte: «Auch wie vor achtzig Jahren?»

«Generalsaniert», sagte Kokoschkin.

Gut, daß Hlaváček Zimmer bestellt hatte. Das Hotel ausgebucht. Kokoschkin sagte: «Vielleicht kann ich mir gelegentlich das Zimmer ansehen, in dem Mama und ich gewohnt haben.»

Zu dem Haus, in dem Gorki Neunzehnhundertzweiundzwanzig gelebt hatte, mochte Kokoschkin nicht zu Fuß gehen.

«Wir haben Nina und Chodassewitsch oft zu dem Haus begleitet. Das Neue Sanatorium. Aber nie sind wir mit ins Haus gegangen. Gorki haben wir nicht gesehen.»

Hlaváček ließ von der Rezeption ein Taxi rufen.

Zu dem Taxifahrer sagte Kokoschkin: «Kronprinzendamm, bitte.»

«Det ham wa hier nich.»

Hlaváček schwenkte seine Broschüre: «Karl-Marx-Damm, seit DDR-Zeiten.»

«Karl-Marx-Damm», sagte der Taxifahrer. «Det hätten Se ooch loofn könn.»

Unterwegs sagte Kokoschkin: «Gorki wußte von meinem Vater. Und er hatte von Nina erfahren, daß Mama und ich in Saarow sind. Aber er hat Mama nicht eingeladen.»

«Gorki?» sagte der Taxifahrer. «Det Gorki-Haus is in de Ulmenstraße.»

«Das war die Gedenkstätte aus DDR-Zeiten. Dort hat Gorki nie gewohnt», sagte Hlaváček.

«Aha.»

Nach wenigen Minuten sagte Kokoschkin: «Hier müßte es sein. Aber hier ist es nicht.»

Der Taxifahrer sagte: «Det is ne Villa mit Ferienwohnungen. Seit Zwotausendeins. Früher stand hier 'n Mütter- und Säuglingsheim. Ham se abjerissn.»

«Und das war damals das Neue Sanatorium, wo Gorki gewohnt hat.»

«Kann sein», sagte der Taxifahrer.

Im Hotelrestaurant sagte Kokoschkin zu Hlaváček: «Gorki lebte in Saarow mit Gefolge. Im ersten Stock des Sanatoriums wohnte er. Da wohnte auch seine Geliebte, Sekretärin, Dolmetscherin und Haushälterin Mura. Das war die Baronin Maria Budberg. Parterre lebte sein Sohn Maxim Peschkow mit seiner Frau Nadeshda.

Und Gorki empfing viele Gäste. Es kam seine erste Frau, Jekaterina Peschkowa, die Mutter seines Sohnes. Sie lebte in Moskau und war eine Mitarbeiterin von Dserschinski, dem Chef der sowjetischen Geheimpolizei Tscheka. Sie kam nur, wenn sie sicher sein konnte, daß Gorkis zweite Frau, Maria Andrejewa, nicht da war. Maria Andrejewa, eine Vertraute Lenins, lebte in Berlin und war als Abteilungsleiterin in der Sowjetischen Handelsmission Unter den Linden beschäftigt. Das war die deutsche Zentrale der Tscheka. Sie brachte ihren neuen Lebenspartner und Kollegen Pjotr Krjutschkow mit nach Saarow, der sich zu einem Vertrauten Gorkis machte. Moskau wußte über Gorki aus verschiedenen Quellen bestens Bescheid.

Weihnachten Neunzehnhundertzweiundzwanzig besuchten Viktor Schklowski, Andrej Belyj und die Verleger Ladyschnikow und Grschebin Gorki in Saarow.»

Hlaváček sagte: «So genau wußten Sie das alles damals nicht.»

«Nein.»

«Gorkis Leben in Saarow muß recht kostspielig gewesen sein.»

«Nicht nur in Saarow. Er war von einer Kur in St. Blasien im Schwarzwald von Dezember Einundzwanzig bis April Zweiundzwanzig nach Berlin gekommen, wo er eine große Wohnung am Kurfürstendamm bewohnte. Im Juni Zweiundzwanzig ging er zur Erholung nach Heringsdorf auf Usedom; dort hatte er die Villa Irmgard zur Verfügung. Und nach dem Aufenthalt in Saarow ging er wieder in den Schwarzwald, nach Günterstal bei Freiburg.»

«Von seinen Honoraren und Tantiemen konnte er das nicht finanzieren.»

«Lenin hatte Molotow im Dezember Einundzwanzig angewiesen, Gorki in die Liste derjenigen Leute aufzunehmen, die sich im Ausland auf Kosten des Sowjetstaates medizinisch behandeln lassen durften. ‹Kosten für Heilbehandlung›. Gorkis Sohn und dessen Frau bekamen ein ‹Stipendium›. Der Sowjetbotschafter in Berlin, Nikolai Krestinski, war für die Auszahlungen verantwortlich.

Und ab Januar Zweiundzwanzig mußte Alexander Helphand, der sich Parvus nannte, Gelder an Gorki zurückzahlen, die er als Gorkis Agent unterschlagen hatte; es waren die Tantiemen, die Helphand für die Aufführungen von Gorkis Nachtasyl bei den Theatern kassiert hatte. Am Ende bekam Gorki bis Januar Neunzehnhundertfünfundzwanzig sechsundzwanzigtausend Dollar zurück. Das Geld von Helphand ging in Raten auf ein

Konto der Dresdner Bank; Krjutschkow schickte es nach und nach an Gorki, zuerst nach Saarow.»

«Ein Drahtseilakt», sagte Hlaváček. «Einerseits nahm Gorki Geld von Lenin, andererseits übte er Kritik an Lenins Terror gegen russische Künstler und Intellektuelle.»

«Und am Terror gegen die Sozialrevolutionäre, die russischen Sozialdemokraten. Der Prozeß gegen sie dauerte vom achten Juni bis siebenten August Neunzehnhundertzweiundzwanzig. Zu dieser Zeit war Gorki in Deutschland. Am ersten Juni Zweiundzwanzig schrieb Gorki an Alexej Rykow, der damals Vizechef des Rates der Volkskommissare war. Sinngemäß schrieb Gorki: ‹Wenn der Prozeß mit Todesurteilen endet, dann ist das vorsätzlicher Mord. Sagen Sie das Trotzki und den anderen. Ich habe die Sowjetmacht immer wieder darauf hingewiesen, daß die Vernichtung der Intelligenzija in unserem unkultivierten Land voller Analphabeten ein Verbrechen ist.›

Auf der anderen Seite die Angriffe der Emigranten in Berlin, die Gorkis gute Beziehungen zur Sowjetbotschaft natürlich mitgekriegt hatten.»

«Gorki zwischen allen Stühlen.»

«Seine Zeitschrift Besseda, bei der Chodassewitsch ihm geholfen hatte, durfte in Sowjet-Rußland nicht vertrieben werden. Für Lenin war die Zeitschrift antisowjetisch. Das war natürlich das Ende für den Verlag in Berlin. Nach sieben Nummern Neunzehnhundertfünfundzwanzig das Aus.»

Hlaváček sagte: «War das Leben in Saarow für Sie nicht langweilig? Noch immer keine Schule. Mit Mama allein im Hotel. Sie waren beinahe dreizehn Jahre alt.»

«Es war oft langweilig. Ich ging gerne an den See. Dort traf ich einen deutschen Jungen in meinem Alter. Manfred. Er zeigte mir den Ort. Den Fontanepark. Das alte Dorf Saarow. Ich radebrechte deutsch, er sprach mit den Händen. Im Winter wanderten wir mit seinem Schlitten in die Rauener Berge. Und ich lernte in Saarow Schach. Chodassewitsch hat es mir in seinem Zimmer beigebracht. Nina wohnte in einem zweiten Zimmer. Aber Sie haben recht. Mama machte sich Sorgen um mich. Sie ging öfter mit mir in die Konditorei Balz. Mama wollte, daß ich unter deutsche Leute komme. Aber dort verkehrten auch die russischen Gäste von Gorki. Herr Balz mochte die Russen, und sie mochten ihn.»

«Wie war es zu Weihnachten Zweiundzwanzig.»

«Im Hotel gab es für alle Gäste eine Weihnachtsfeier im Festsaal. Deutsche Weihnachten.»

Hlaváček sagte: «Dieses Dasein auf Abruf muß sehr belastend für Ihre Mama gewesen sein. Wie lange ging das in Saarow so fort?»

«Im Frühling Dreiundzwanzig fuhren Nina und Chodassewitsch nach Berlin zurück, und wir fuhren mit ihnen. Wieder in die Pension Crampe am Viktoria-Luise-Platz.»

«Haben Sie inzwischen das Zimmer gesehen, das Ihre Mama mit Ihnen bewohnte?»

«Ja. Es ist nicht wiederzuerkennen.»

«Kein Wunder, nach so vielen Jahren.»

Kokoschkin sagte: «Lassen Sie uns nach Berlin zurückfahren.»

«Noch heute?»

«Jetzt.»

«In Berlin, im Frühling Dreiundzwanzig, in der Pension Crampe, sprach Chodassewitsch mehrere Male mit Mama über meine Zukunft. Ich war inzwischen dreizehn Jahre alt. Seit unserer Abreise aus Odessa hatte ich keine Schule mehr besucht. Seit einem Jahr keine Schule!»

Chodassewitsch meinte, da wir nun einmal in Deutschland lebten, wäre es das beste für mich, in Deutschland in ein Internat zu gehen. Von der Pension Crampe aus eine Berliner Schule zu besuchen, sei nicht zu raten, weil man nicht wisse, wie lange Mama mit mir in der Pension wohnen könne. Ich dürfe nicht an die Pläne Mamas gebunden sein.

Mama gab Chodassewitsch recht. Sie bezweifelte aber, daß sie meinen Internatsaufenthalt auf Dauer werde bezahlen können.

‹Bezahlen können Sie das Internat überhaupt nicht›, sagte Chodassewitsch. ‹Sie müssen ein Internat finden, das Ihrem Jungen eine Freistelle gibt.›

In ein Internat. Aber wo?

Chodassewitch sagte, Mama könne den Studienrat Kappus am Berliner Grunewald-Gymnasium fragen. Professor Kappus sei ein Kenner und Liebhaber slawischer Sprachen.

Vielleicht war das der Grund, warum sich der Name von Carl Kappus bis zu den Berliner russischen Emigranten herumgesprochen hatte.

Mama fuhr mit mir zum Grunewald-Gymnasium in der Herbertstraße. Wir trafen Professor Kappus. Er sprach mit Mama russisch! Anders hätte Mama ihm gar nicht unsere Geschichte erzählen können. Professor Kappus empfahl Mama, mit dem Rektor des Joachimsthalschen Gymnasiums in Templin zu sprechen. Er heiße Graeber, und ihm wolle er, Kappus, unsere Sache ans Herz legen. Vielleicht gebe es in Templin eine Freistelle für mich.

Zu mir sagte Professor Kappus, es wäre schön gewesen, wenn ich zu ihm ins Grunewald-Gymnasium hätte kommen können, aber er sehe natürlich ein, daß ich in einem Internat besser aufgehoben sei. Auf russisch sagte er das.

«Was hielten Sie davon, als ein Dreizehnjähriger, in ein Internat gesteckt zu werden», fragte Jakub Hlaváček.

«Ich wußte ja kaum etwas über Internate. Aber ich stellte mir vor, daß es schön sein müßte, mit anderen Jungen zusammenzusein. Nicht mehr allein.»

«Wo liegt Templin?»

«In der Uckermark.»

«Wie weit ist es von Berlin entfernt?»

«Ungefähr achtzig Kilometer nordöstlich von Berlin.

Mama meldete uns bei Professor Graeber an, wir fuhren nach Templin. Wie oft habe ich im Laufe meiner Templiner Schulzeit diese Fahrt gemacht.

Den langen Weg vom Bahnhof bis zum Gymnasium am anderen Ende der Stadt, in der Prenzlauer Allee, gingen wir zu Fuß. Mama wollte die kleine Stadt sehen. Wir sahen die Stadtmauer, die Stadttore, den Markt mit dem historischen Rathaus und mit den Fachwerkhäusern.

Endlich erreichten wir das Gymnasium. Das Schulgelände konnte nur durch den Pförtnereingang betreten werden. Mama sagte dem Pförtner auf deutsch, daß wir mit Rektor Graeber verabredet seien. Der Pförtner wies uns den Weg zum Hauptgebäude.

Wir blieben am Rand des großen Innenhofes stehen und sahen drei hufeisenförmig angeordnete Doppelhäuser. In der Mitte des Hofes auf einem Sockel eine Bronzeskulptur. Sie stellte den Gründer des Gymnasiums, Kurfürst Joachim Friedrich, dar.

Von Rektor Graeber hörten wir, in jedem Doppelhaus befänden sich zwei Alumnate. In jedem Alumnat wohnten fünfundzwanzig Schüler.

Wir sahen, daß das mittlere Doppelhaus durch einen Torbogen geteilt ist, der fast bis unter das Dachgeschoß reicht. Auf dem Dach ein Uhrenturm.

Der Rektor, Professor Graeber, empfing uns in seinem großen Dienstzimmer sehr freundlich. Mama sprach französisch mit ihm. Ich konnte nicht alles verstehen. Mama sagte mir später, er habe durch Professor Kappus vom Grunewald-Gymnasium über unsere Situation Bescheid gewußt. Mama sagte auch, seine lockere Art und seine väterlich-fürsorgliche Zugewandtheit habe sie gleich für ihn eingenommen.

Er habe gesagt, im Alumnat Eins sei ein Platz frei, und er werde dafür sorgen, daß ich eine Freistelle bekäme.

Mich fragte er auf deutsch, wie alt ich sei, und ich konnte ihm auf deutsch antworten: ‹Dreizehn Jahre.›

Zu Mama sagte er: ‹Das wäre die Untertertia. Ich halte es aber für besser, daß wir Ihren Jungen in die Quarta aufnehmen, damit er Zeit findet, Deutsch zu lernen.›

Mama nickte mir zu und sagte, sie sei einverstanden. Mama war glücklich.

Professor Graeber telefonierte. Er sprach mit jemandem, dem er sagte, daß ein neuer Schüler namens Fjodor Kokoschkin ins Alumnat aufgenommen werde, und er bat darum, den Adjunkten zu ihm zu schicken, um Mama und mich zum Alumnat zu bringen, mich dort vorzustellen und uns das Haus zu zeigen. Später erfuhr ich, daß Professor Graeber mit dem Alumnats-Inspektor telefoniert hatte.

Zu Mama sagte Professor Graeber, ich könne so bald wie möglich ins Internat eintreten.

Mama sagte, sie bringe mich mit meinen Sachen in etwa einer Woche.

‹Besprechen Sie alles mit dem Inspektor und mit der Hausdame von Alumnat Eins.›

Inzwischen war der Adjunkt eingetreten.»

«Adjunkt?» sagte Hlaváček.

«Die Adjunkten waren Studienreferendare, die den Alumnats-Inspektor und die Hausdame zu unterstützen hatten.

Professor Graeber verabschiedete sich von uns und übergab uns dem Adjunkten.

Der brachte uns zum Alumnats-Inspektor vom Alumnat Eins. Die Inspektoren leiteten die Alumnate und waren zugleich Lehrer. Der Inspektor empfing uns wohlwollend, sagte, der Adjunkt werde mich auch der Hausdame vorstellen und – nicht zu vergessen – dem Famulus. Schließlich werde der Adjunkt uns das Haus zeigen und anschließend mit uns wieder zu ihm kommen.»

«Wozu der Famulus?»

«Ein Primaner, der im Alumnat an der ersten Stelle der Schüler stand und dem Inspektor und der Hausdame zur Hand ging.»

«Wieviel Schüler wohnten in den Alumnaten?»

«Wie gesagt – in jedem Alumnat fünfundzwanzig.

Es war gerade Hausarbeitszeit; der Adjunkt sagte, er werde uns nur kurz in ein Arbeitszimmer schauen lassen, um die Schüler nicht zu stören.

Er führte uns zuerst im Erdgeschoß in das Musikzimmer, eine Art Aufenthaltsraum, von dem man durch eine zweiflügelige Schiebetür in den Speisesaal ging. Der Speisesaal hatte natürlich noch einen Eingang vom Korridor her. Die Tische waren schon für das Abendessen gedeckt. Der Adjunkt sagte, er, die Hausdame und der Famulus nähmen an den Mahlzeiten teil. Am anderen Ende des Speisesaals lag der Zugang zur Anrichteküche. Die Gerichte wurden aus dem Wirtschaftsgebäude gebracht.

Der Adjunkt zeigte im Korridor linkerhand auf die

Tür zur Wohnung der Hausdame und zum Zimmer des Dienstmädchens, schließlich auf die Tür zum Krankenzimmer.

Im Erdgeschoß an der Schmalseite des Alumnatsgebäudes führte eine Tür in die Wohnung des Inspektors, die eigentlich ein separates zweigeschossiges Haus mit sieben Zimmern war.

Wir stiegen die Treppe zur ersten Etage hinauf. Neben der Treppe in der ersten Etage befand sich das Arbeitszimmer des Inspektors mit einer Tür zum Korridor, an dem die Arbeitszimmer der Alumnen lagen.

Der Adjunkt zeigte auf die Tür zu seinen zwei Zimmern. ‹Hier hause ich. Es gibt außerdem sechs Arbeitszimmer: vier Zimmer für vier bis sechs Schüler und zwei Zimmer für je zwei Abiturienten. Ich glaube, Ihr Sohn wird anfangs in einem Zimmer für sechs Schüler untergebracht. Dieses Zimmer zeige ich Ihnen.›»

Hlaváček sagte: «Sechs in einem Zimmer. Eine erschreckende Vorstellung für mich.»

«Ich wechselte später in ein Zimmer mit vier, zuletzt in eines mit zwei Schülern, als Primaner.

Der Adjunkt klopfte an die Tür des Sechser-Zimmers und öffnete sie. Fünf Schüler wendeten uns ihre Gesichter zu. Mama und ich sagten ‹Guten Tag›. Der Adjunkt zeigte auf mich und sagte, daß ich nächstens hier einziehen werde. Der älteste Schüler sagte: ‹Willkommen in unserem Stall.› Später erfuhr ich, daß das der Senior des Zimmers war.

Ich sagte: ‹Danke!› und hatte nur Blicke für die

mannshohen Arbeitsschränke: eine aufklappbare Schreibplatte. Dahinter links und rechts je ein kleines Schubfach. In der Mitte ein freies Fach. Im oberen Schrankteil, mit zwei Türen verschließbar, drei Etagen Bücherregal, im unteren Schrankteil drei Schubkästen. Jeder Schrank ein kleines Reich für sich. Einer der Schränke war geschlossen. Das sollte mein Arbeitsschrank werden. Meine eigene Welt.

Im Dachgeschoß zeigte der Adjunkt uns die Schlafsäle: vier Räume mit vier bis sechs Betten. Die Betten aus Stahlrohr erinnerten mich an Krankenhausbetten.»

«Alles furchtbar», sagte Hlaváček.

«Es gab außerdem einen Raum, in dem die schmutzige Wäsche aufbewahrt wurde und wo man die Schuhe putzen konnte. Schließlich sahen wir die beiden Waschsäle. Im Dachgeschoß befand sich auch das Schlafzimmer des Adjunkten.

Zuletzt führte der Adjunkt uns in den Keller. Wir sahen zuerst den Abstellraum für Fahrräder, dann: einen großen Duschraum, zwei Wannenbäder. Außerdem eine Dunkelkammer. Im Keller lag auch die Wohnung des Kalfaktors.»

«Das Wort kenne ich nur für einen Gefangenen, der Hilfsarbeiten für die Gefängnisbeamten leistet», sagte Hlaváček. «Aber irgendwie paßt das auch zu einem Internat.»

«Der Kalfaktor war ein Hausarbeiter oder Hausmeister.

Der Adjunkt brachte uns zurück zum Alumnats-Inspektor, der in seinem Arbeitszimmer im ersten Stock saß. Mama bedankte sich bei dem Adjunkten, wir verabschiedeten uns von ihm. Der Inspektor fragte Mama, wann ich ins Internat käme.

‹In einer Woche›, sagte Mama. Sie sprach mit dem Inspektor französisch.

Zu mir sagte der Inspektor auf deutsch: ‹Wir müssen überlegen, wie du am schnellsten Deutsch lernen kannst.›

Mama war glücklich über meine Aufnahme ins Joachimsthalsche Gymnasium. Sie müssen bedenken: In Deutschland herrschte Inflation, aber ich hatte eine Freistelle bekommen, ich war untergebracht und versorgt, und vor allem – meine Schulausbildung in Deutschland sollte beginnen. Ich wurde ohne Aufnahmeprüfung, die ich doch nicht hätte bestehen können, ein Alumnus des Joachimsthalschen Gymnasiums.»

«Für mich klingt das alles nach Kaserne», sagte Hlaváček. «In einer Kaserne wird man auch kostenlos untergebracht, versorgt und ausgebildet. Wollten Sie immer noch gerne in dieses Internat?»

«Bevor wir nach Berlin zurückfuhren, ging der Adjunkt mit uns noch zur Hausdame. Sie ließ den Famulus rufen, und wir saßen zu fünft in ihrem Wohnzimmer und tranken Tee. Ich fühlte mich aufgenommen. Die Hausdame sagte zu Mama, sie könne beruhigt sein, man werde für mich sorgen.

Eine Woche nach unserem ‹Antrittsbesuch› brachte Mama mich mit meinen Sachen nach Templin.

Diesmal stiegen wir am Bahnhof in den Stadtomnibus. Wir meldeten uns beim Alumnats-Inspektor. Er führte mich in den Arbeitsraum, den wir beim ersten Besuch gesehen hatten. Der Senior schlug mir auf die Schulter und zeigte auf den leeren Arbeitsschrank: ‹Das ist deiner!›

Von den anderen Jungen waren außer dem Senior nur zwei im Zimmer. Sie sahen mich neugierig an. Ich stellte meinen Koffer ab und gab ihnen die Hand.

Ich verließ den Arbeitsraum und folgte dem Inspektor. Wir gingen in sein Arbeitszimmer zurück, wo Mama wartete.

Der Inspektor ließ den Adjunkten kommen und sagte: ‹Zeigen Sie dem Jungen sein Bett und sein Waschbekken.›

Zu mir sagte er: ‹Jetzt verabschiede dich von deiner Mutter.›

Mama umarmte mich. Mir war auf der Stelle einsam zumute. Ich war noch nie für längere Zeit von Mama getrennt gewesen.

Ich ging mit dem Adjunkten ins Dachgeschoß. Er zeigte mir in einem der Schlafräume mit sechs Betten mein Bett und in dem linken Waschsaal mein Waschbekken.»

«Ich möchte mir nicht vorstellen, in einem Internat gelebt zu haben», sagte Hlaváček.

«Ich räumte meinen Arbeitsschrank ein. Unterdessen kamen die beiden anderen Jungen ins Zimmer. Alle fünf setzten sich um mich herum und fragten mich aus. Ich sagte ihnen in meinem gebrochenen Deutsch, daß ich aus Rußland käme.

‹Dann bist du ab jetzt der Russe›, sagte einer.

Der Senior brachte mich zum Abstellraum im Dachgeschoß, wo ich meinen leeren Koffer lassen konnte. Anschließend meldete ich mich bei der Hausdame. Sie sprach gerade mit dem Famulus.

‹Das trifft sich›, sagte sie. Den Famulus bat sie, mir meinen Platz am Tisch im Speisesaal zu zeigen.

Ich war angekommen. In den nächsten sechs Jahren sollte das Internat mein Zuhause sein.»

«Sie kannten Ihre Klasse noch nicht», sagte Hlaváček.

«Am nächsten Morgen vor dem Unterricht brachte mich der Adjunkt zum Rektor im Unterrichtsgebäude. Professor Graeber sagte: ‹Da bist du ja! Willkommen am Joachimsthalschen Gymnasium. Deine Lehrer wissen schon Bescheid.›

Zum Adjunkten sagte er: ‹Bringen Sie den Jungen in seine Klasse.›

Der Adjunkt wartete mit mir vor dem Klassenzimmer, dessen Tür offenstand. Ein Junge nach dem anderen ging hinein, und als der Lehrer kam, übergab der Adjunkt mich dem Lehrer. Es war der Geographie-Lehrer. Er stellte mich der Klasse vor, wies mir einen Platz an und begann mit dem Unterricht. Ich verstand fast nichts.»

«Das war zu erwarten.»

«Ich nahm Deutschunterricht bei einem Primaner, der Lehrer werden wollte. Den hatte der Adjunkt mir vermittelt. Natürlich mußte der Primaner bezahlt werden. Geld hatte ich keines. Der Primaner bekam das Geld von der Anstaltskasse. Der Rektor, Professor Graeber, hatte es angeordnet.»

«Sie wurden sehr großzügig behandelt.»

«Ja. Ich weiß nicht, warum. Vielleicht, weil Professor Graeber von unserem Familienschicksal berührt war. Er hatte auch verfügt, daß ich im ersten Jahr keine Noten bekommen sollte. Ich konnte keine Bücher kaufen. Ich bekam sie aus der Gymnasiums-Hilfsbücherei leihweise umsonst. Ich hätte auch Bettzeug mitbringen müssen, Wolldecken und Kopfkissen. Mama hatte das nicht gewußt, und sie hat auch kein Bettzeug besessen. Die Hausdame war am ersten Tag mit mir ins Wirtschaftsgebäude gegangen und hatte mir das Bettzeug geben lassen. Übrigens gab es im Wirtschaftsgebäude eine Wäscherei und eine Roll- und Plättstube. Dort konnte ich meine Wäsche waschen lassen. Meine Wäsche war allerdings nicht gezeichnet, und so mußte ich unter der Anleitung der Hausdame alle Stücke zeichnen; die Hausdame hat mir tatkräftig geholfen.

Ich war vom Schulgeld, vom Hausgeld und vom Beitrag zu den Arzt- und Arzneikosten befreit. Das Joachimsthalsche Gymnasium hat über Jahre mein Leben und meine Schulbildung finanziert.»

«Wie sah der Lehrplan aus?»

«Das Joachimsthalsche Gymnasium war ein humanistisches Gymnasium. Als ich in die Quarta aufgenommen wurde, waren die Lateinkenntnisse von Sexta und

Quinta vorausgesetzt. In der Quarta fing der Englischunterricht an, in der Untertertia Griechisch.»

«Und wie sah es mit Ihrem Latein aus?»

«Mäßig. Ich hatte in Petersburg Latein gehabt. Aber ich kam in Templin mit.»

«Eines verstehe ich nicht. Für die Aufnahme ins Gymnasium brauchte man doch Papiere. Ihre Mama hat aber keine Papiere vorgelegt.»

«Einige doch. Ich habe vergessen, das zu erwähnen. Sie hat dem Rektor meine Geburtsurkunde und meine Zeugnisse aus Petersburg und Odessa vorgelegt. Die Zeugnisse hat sich Professor Graeber gründlich angesehen. Ob er sie überhaupt lesen konnte, weiß ich nicht. Eine Erklärung über Mamas Vermögensverhältnisse hat er natürlich nicht verlangt. Also auch keine Bescheinigung, daß sie die Kosten meines Unterhalts zu bestreiten vermag. Es fehlte ein Impfzeugnis für die letzten zwei Jahre. Professor Graeber verlangte ein Zeugnis über die Wiederimpfung. Ich mußte mich deshalb in Berlin impfen lassen, und Mama hat das Zeugnis nach Templin geschickt. Zwei Probleme aber hatte es doch gegeben. Die Schüler mußten Söhne preußischer Staatsangehöriger und evangelischen Glaubens sein. Beides war ich nicht. Wie Professor Graeber das geregelt hat – keine Ahnung. Später habe ich gehört, daß evangelische Schüler aus dem ehemaligen Polen, soweit es zum Deutschen Reich gehört hatte, aufgenommen worden waren. Vielleicht hat Professor Graeber mich zu denen gerechnet.

Der Umgang mit den Schulkameraden, der Unterricht, die Nachhilfe – jedenfalls sprach ich nach einem Jahr ziemlich gut Deutsch.»

«Die Schulkameraden – woher kamen sie?»

«Vor allem aus Mecklenburg, Pommern, Brandenburg. Söhne von Gutsbesitzern, niederem Landadel. Aber auch aus anderen Provinzen, aus Beamten- und Pastorenhäusern.»

«Mit denen haben Sie sich vertragen.»

«Sicher. Ich war kräftig, sportlich. Und ich wurde allmählich immer besser in der Schule. Sie haben mich respektiert. Natürlich gibt es in Internaten immer Reibereien, kleine Kämpfe, Bosheiten. Ich war ein Teil davon. Aber ich will Sie nicht mit Internatsgeschichten langweilen. Es sind doch immer die gleichen. Außerhalb der Hausarbeitsstunden von sechzehn bis achtzehn Uhr hatten wir viel freie Zeit für den Sport. Auch für den Wassersport. Das Gymnasium liegt direkt am Stadtsee. Im Winter natürlich Eislauf. Und ich besuchte die Tanzabende.»

«Es war ein Gymnasium für Jungen.»

«Zum Tanz mit den Gymnasiasten kamen Mädchen aus Templin und aus der Umgebung.

Ein großes Ereignis – die Weihnachtsfeier am Abend vor dem Ferienbeginn, mit allerlei Vorführungen und mit der satirischen Weihnachtszeitung, für die ich später selbst Beiträge geschrieben und Karikaturen gezeichnet habe.

Alle Jahre am Sonntag Oculi die Konfirmation. Ein

Festtag für das ganze Gymnasium. Die Anstalt war eine selbständige evangelische Kirchengemeinde.»

«Zu der Sie nicht gehörten.»

«Ich wurde nicht konfirmiert. Aber ich habe doch an den Festivitäten als Zuschauer teilgenommen.»

«Das Gymnasium hatte einen eigenen Geistlichen?»

«Einer der Alumnats-Inspektoren, Martin Kegel, war Prediger, Lehrer und Erzieher. Bis Neunzehnhundertsiebenundzwanzig. Er war Studienrat und Pfarrer. Er hat unter anderem Deutsch unterrichtet. Ich mochte ihn sehr.

Die Erinnerungen an die Jahre im Joachimsthalschen Gymnasium, der Gleichlauf des Schullebens, verschwimmen. Einige Ereignisse sind mir besonders in Erinnerung geblieben.

Neunzehnhundertfünfundzwanzig kam ein neuer Rektor nach Templin. Eine große Überraschung. Es war Professor Kappus, Rektor des Grunewald-Gymnasiums in Berlin, dem ich eigentlich die Aufnahme ins Joachimsthalsche Gymnasium verdankte; er löste Professor Graeber in Templin ab.

Er hatte sich meiner erinnert und ließ mich eines Tages zu sich kommen.

‹Aus dem schüchternen Jungen von damals ist ein kräftiger Alumnus geworden›, sagte er, und ‹Bist du deiner Muttersprache treu geblieben?›.

‹Aber ja! Ich singe sogar russische Volkslieder, die ich von Mama gelernt habe.›

‹Welche Lieder sind es?›

‹Zum Beispiel Slawnoje morje – swjaschtschenni Baikal …›

‹Ah, Herrlicher Baikal.›

‹Und Odnoswutschno gremit kolokoltschik …›

‹Eintönig klingt das Glöckchen. Kennst du alle Strophen?›

‹Nein. Nur zwei.›

‹Welches Lied noch?›

‹Ej uchnem! Ej uchnem!›

‹Die Wolgatreidler.›

‹Außerdem ein georgisches Lied, aber in russischer Sprache.›

‹Darf ich raten? Suliko?›

‹Ja. ‚Dolgo ja tomilsja i stradal'.›

‹Lange litt ich Qual und Leid. Wo bist du bloß, meine Suliko?›»

Hlaváček sagte: «Erinnern Sie mich bloß nicht daran. Uns hat man gesagt, Suliko sei Stalins Lieblingslied, und deshalb mußten wir es lernen. ‹Lange litt ich Qual …›, kann ich dazu nur sagen.»

«Das wußte man damals noch nicht. Professor Kappus sagte: ‹Man muß die Lieder zur Balalaika singen.›

‹Ich spiele Banjo dazu›, sagte ich.

‹Vielleicht können wir eine Balalaika besorgen. Ich will mit dem Musiklehrer sprechen. Du könntest die Lieder bei Gelegenheit vortragen?›

‹Im Alumnat?›

‹Oder in der Aula›.»

«Wollen Sie nicht nach Templin fahren?» fragte Hlaváček.

«Neinnein. Ich habe gehört, daß die Gebäude verschlossen sind und verfallen.

Es war natürlich ein Glück für mich, daß ich das Joachimsthalsche Gymnasium besuchen konnte. Aber es gab auch eine andere Seite, Mama lebte in der Pension Crampe in Berlin. Ich bin nicht wie die meisten Schulkameraden an den Wochenenden nach Hause gefahren. Ich hatte kein Zuhause. Die meisten anderen hatten Elternhäuser nicht allzuweit von Templin entfernt. Ich konnte nicht einmal in den Ferien immer nach Berlin fahren.

Ende Neunzehnhundertfünfundzwanzig zog Mama nach Paris. Sie wollte in der Nähe von Nina Berberova und Chodassewitsch sein, die Berlin Neunzehnhundertvierundzwanzig verlassen hatten. Nina und Chodassewitsch verbrachten den Winter Neunzehnhundertvierundzwanzig bei Gorki in Sorrent und wohnten ab April Neunzehnhundertfünfundzwanzig in Paris. Abgesehen von den ärmlichen Verhältnissen, in denen Nina und Chodassewitsch und schließlich auch Mama in Paris lebten – Mama in Paris, und ich auf dem Abstellgleis deutsches Internat.

Im Hauptgebäude des Joachimsthalschen Gymnasiums fiel einem als erstes die Inschrift ins Auge: ‹Dic cur hic›. Wäre ich verbittert gewesen, dann hätte ich antworten können: ‹Weil ich kein Zuhause habe.›

Neinnein, ich möchte nicht nach Templin fahren.

Professor Kappus schlug mir vor, gemeinsam russische

Literatur zu lesen. Er wollte die Texte auf Russisch, ich sollte die deutsche Übersetzung lesen.

Der Vorschlag gefiel mir sehr. Ich fragte ihn, an welches Buch er zuerst denke.

‹An Turgenjew, Aufzeichnungen eines Jägers. Kennst du es?›

Ich kannte es nicht.

Er lud für Sonntagnachmittag in sein Haus ein. Frau Kappus bereitete Tee. Ich wollte lieber Ovomaltine. Sie setzte mir eine große Tasse Ovomaltine vor, Professor Kappus trank Tee.

Er gab mir die deutsche Übersetzung von Alexander Eliasberg und sagte, ich solle seine, er wolle meine Aussprache verbessern. Wir fingen mit Chorj und Kalynitsch an. Professor Kappus las eine halbe Seite. Ich versuchte, seine Satzmelodie zu kritisieren, die gelegentlich nach Deutsch klang. Er hielt mir entgegen, daß ich zur russischen Satzmelodie neigte.

Wir lasen ungefähr eine Stunde. So ging es Sonntag für Sonntag. Die Lesestunden bei Professor Kappus gehören zu meinen besten Templin-Erinnerungen.»

«Und das Banjo? Die Balalaika? Singen? Tanzen? Schwimmen? Rudern? Angeln?»

«Aus der Balalaika wurde nichts. In der Aula russische Lieder vorsingen? Nein. Ich blieb beim Banjo und habe im Musikzimmer gesungen, Chansons, so gut es ging, vor allem Schlager.

Tanzen liebte ich wie Schwimmen und Rudern. Auch Eislaufen. Damals fing ich mit dem Angeln an. Sogar

Eisangeln. Einige Schulkameraden und ich – wir waren Hobby-Sportfischer. Die gefangenen Fische ließen wir zurück in den See. Was hätten wir damit anfangen sollen?

Na ja. Die wilden Zwanziger sind an Templin vorübergegangen.

Nach der Matura bin ich noch eine Woche in Templin geblieben. Bin schwimmen gegangen, habe mich erholt …»

«Von der Matura erzählen Sie mir nichts?»

«Neunzehnhundertneunundzwanzig. Es war einfach eine Schinderei. Aber ich bin gut durchgekommen. Es hätte besser sein können.

Mama erschien nicht zur Abschlußfeier. Sie hatte mir aber einen neuen gebrauchten Anzug geschickt, der mir zu groß war. Unsere Hausdame hat den Hosenbund enger gemacht, aber das Sakko …

Nach einer Woche Erholung habe ich mich im Internat verabschiedet. Von meinem Alumnats-Inspektor, von der Hausdame, vom Adjunkten, von Schulkameraden, die noch geblieben waren, und natürlich von Professor Kappus. Er fragte mich, was ich vorhätte.

Ich sagte, zuallererst wolle ich mich bei ihm bedanken für die freien Jahre im Gymnasium. Ohne ihn …

‹Schon gut.›

Ich wolle zu Mama nach Paris fahren.

‹Und dann?›

Ich wüßte es noch nicht.

Nach allem, was er über mich wisse, rate er mir, Biologie zu studieren, mit dem besonderen Akzent auf Botanik.

Ich wüßte nicht, wie ich das Studium finanzieren sollte.

Professor Kappus meinte, es wäre für mich richtig, in Berlin zu studieren. ‹Sie kennen Berlin …›

‹Ein bißchen …›

‹Sie sprechen Deutsch. Alles andere wird sich finden.›»

«Ich kratzte meine Ersparnisse zusammen und kaufte mir eine Fahrkarte dritter Klasse nach Paris.»

«Fahren wir doch nach Paris», sagte Hlaváček.

«O nein. Ich war oft in Paris. Und ich habe das Pretty Hotel und die Straßen gesehen, wo Mama gewohnt hat. Sie wohnte immer in der Nähe von Nina Berberova und Chodassewitsch. Mama hat es mir Neunzehnhundertneunundzwanzig erzählt. Als sie Ende Neunzehnhundertfünfundzwanzig nach Paris kam, zog sie ins Pretty Hotel in der Rue Amélie, weil dort Nina mit Chodassewitsch wohnte. Das Hotel war damals billig und schmutzig, eine Art Absteige. Und aber immer noch zu teuer für Nina und Chodassewitsch, auch für Mama, die immerhin noch Geld und Schmuck besaß. Also Nina und Chodassewitsch zogen in eine kleine Zwei-Zimmer-Wohnung – mit einer winzigen Küche – in der Nähe des Place Daumesnil. Und Mama folgte ihnen. Sie mietete eine Ein-Zimmer-Wohnung mit jämmerlicher Küche. Sie mußte sich ein billiges Bettgestell, eine dünne

Matratze, Tisch und Stuhl kaufen. Statt eines Kleiderschrankes einen Garderobenständer. Nichts in der Küche außer einem kleinen Tisch.

Schließlich zogen Nina und Chodassewitsch in eine kleine Wohnung in der Rue Lamblardie. Mama zog wieder hinterher. Ich traf sie Neunzehnhundertneunundzwanzig in ihrem sogenannten Hutsalon in der Rue Lamblardie. Ein schmales Lädchen mit einem Hinterzimmer, in dem sie wohnte. Der Ladenraum war durch einen Vorhang unterteilt. Im vorderen Teil der Ladentisch und Regale, im hinteren Teil die Hutmacherwerkstatt: ein Arbeitstisch, ein Stuhl, eine Chaiselongue. Mama hatte sich darauf verlegt, modische Damenhüte zu machen. Außerdem verkaufte sie Kurzwaren: Knöpfe, Schnallen, Zwirne, Bänder, Reißverschlüsse, Nadeln. Im Schaufenster sah man die Hüte. Es kamen meistens Frauen, die ihre Hüte reparieren oder mit neuen Dekors versehen lassen wollten. Das ‹Hauptgeschäft› war der Verkauf von Kurzwaren.

Mama ordnete gerade Schnallen in ein Regal, als ich ihren Laden betrat. Sie war allein. Sie stieß einen Schrei aus und fiel mir um den Hals. Ich umarmte sie, und sie weinte. Wir hatten uns seit sechs Jahren nicht gesehen. Ich war ein kräftiger junger Mann geworden und größer als sie. Sie schloß die Ladentür ab und dirigierte mich ins Hinterzimmer. Es hatte ein vergittertes Fenster zum Hof. Ich mußte mich an ihren kleinen Tisch setzen. Sie bereitete uns in einer Ecke frischen Tee. In dem Hinterzimmer standen ihr Bett, das Tischchen mit zwei Stühlen, ein Kocher, ein Regal mit Geschirr und mit Lebensmitteln. In einer Ecke ein Spülbecken. Hinter einer niedrigen Tür eine Toilette.

Verglichen mit dem Hinterzimmer und dem Lädchen kam mir das ‹Abstellgleis› Internat wie ein herrschaftlicher Landsitz vor.

Mama sah blaß und mager aus. Sie hatte ein abgetragenes Kleid an.

Wir tranken Tee, aßen Kekse, und ich mußte erzählen, erzählen.

Von ihr wollte ich nicht viel hören, die Schilderung ihrer Lage wollte ich ihr ersparen.

‹Wo wohnen Nina und Chodassewitsch?›

‹Ganz in der Nähe. Wir können nachher zu ihnen gehen.›

Mama sagte, ich solle meinen Koffer bei ihr lassen. Und ich solle bei ihr wohnen.

Meinen fragenden Blick beantwortete sie mit dem Satz, ich könne im Hinterzimmer in ihrem Bett schlafen, sie schlafe in ihrer Werkstatt auf der Chaiselongue.

Ich nickte, aber mir war klar, daß ich nicht lange bleiben konnte.

Wir machten uns auf den Weg zu Nina und Chodassewitsch. Sie waren tatsächlich zu Hause. Wir kamen in eine enge Zwei-Zimmer-Wohnung, die kaum möbliert war. Nina und Chodassewitsch wollten nicht glauben, daß ich der Junge war, den sie aus der Pension Crampe in Berlin kannten. Sie freuten sich wie die Kinder über meinen Besuch. Nina kochte Kaffee.

Wie lange ich bleiben werde, fragte Nina.

Nur kurz. Ich wolle möglichst bald ein Studium beginnen. Biologie, speziell Botanik, in Berlin.

Dann fragte ich nach Bunin, den ich seit Odessa nicht vergessen hatte.

‹Er wohnt in der Rue Jacques Offenbach, aber er ist nicht in Paris. Wahrscheinlich ist er nach Grasse gefahren.›

‹Ich hätte ihn gerne wiedergesehen.›

Aber ich sagte mir, daß mein Geld für eine Reise in die Provence nicht reichte. Ich brauchte es für die Rückfahrt nach Berlin.

Chodassewitsch sah noch blasser und magerer aus als in Berlin.

Nina sagte zu mir gewandt: ‹Die antibolschewistischen Emigranten stehen auf verlorenem Posten. Moskau hetzt gegen sie, und die ‚Linke' in Frankreich steht auf der Seite Moskaus. Hast du im Gymnasium etwas davon gehört?›

‹Nein.›

‹Leute wie Romain Rolland verbünden sich mit den Sowjets. Rolland hat sogar gegen Bunin polemisiert. Er hat an Gorki in Sorrent geschrieben und gefragt, ob Schriftsteller in der Sowjetunion unterdrückt würden. Gorki hat geantwortet, die Schriftsteller in der Sowjetunion seien glücklicher als die Schriftsteller in den westlichen Ländern.›

Ich übernachtete zweimal im Hinterzimmer von Mamas ‹Hutsalon› und reiste ab. Beim Abschied auf dem

Bahnhof weinte Mama. Sie sei traurig darüber, daß sie mir nicht helfen könne. Ich tröstete sie: Sie möge sich keine Sorgen um mich machen. Lieber solle sie auf sich selbst achten.

In Berlin ging ich in die Pension von Frau Crampe am Viktoria-Luise-Platz. Frau Crampe erkannte mich nicht, erinnerte sich aber an Mama und ihren Kleinen. Ich wußte, daß ich nicht wieder in der Pension Crampe würde unterkommen können. Mir fehlte einfach das Geld. Frau Crampe war aber bereit, meinen Koffer unterzustellen.»

Am 28. August 2005 fuhren Kokoschkin und Hlaváček zum Botanischen Garten. Kokoschkin wollte nicht mit der S-Bahn fahren. Er sagte: «Wir nehmen die U-Bahn bis Rathaus Steglitz und fahren dann mit dem Bus bis zum Eingang Unter den Eichen.»

«Ich hatte meinen Koffer in der Pension Crampe abgestellt und fuhr vom Viktoria-Luise-Platz zum Botanischen Garten. Ich wollte eine praktische Arbeit, um Geld zu verdienen.»

«Im Botanischen Garten?»

«Was ich am besten konnte und am liebsten tat, war Gartenarbeit.»

«Im Internat?»

«Auf dem Gelände des Gymnasiums gab es einen kleinen botanischen Garten, den Professor Lehmann angelegt hatte. Ein Lehr- und Versuchsgarten. Er hieß einfach der Lehmann-Garten. Professor Lehmann hieß bei den Schülern Papa Lehmann. Er war ein großer Kenner der Botanik und ein liebenswürdiger Lehrer. Ich durfte unter seiner Regie im Lehmann-Garten arbeiten. Papa Lehmann starb Neunzehnhundertachtundzwanzig und wurde nahe dem Garten beigesetzt. Die Pflege seines Grabes war für uns Ehrensache. In der Mitte des Gartens wurde zum Andenken an Professor Lehmann ein Findling aufgestellt, den die Schüler durch Spenden finanziert haben.

Professor Lehmann verdanke ich mein besonderes Interesse für Botanik.»

«Sie hofften allen Ernstes auf eine Arbeit im Botanischen Garten? Angesichts der Arbeitslosigkeit?»

«Ich habe mich auf meine Arbeit im Lehmann-Garten berufen. Professor Lehmann hatte gemeinsam mit Professor Diels, dem Direktor des Botanischen Gartens, Erbfolgeversuche an Löwenmäulchen unternommen. Das wußte der Beamte im Büro der Garteninspektion. Ich bekam eine Arbeit als Hilfsarbeiter der Gärtnerei. Hilfsgärtner.»

«Und die Bezahlung?»

«Reichte gerade zum Überleben. Ich sollte mich am nächsten Morgen bei einer Art Vorarbeiterin melden. Aber ich suchte die Vorarbeiterin gleich. Ich fand sie beim Wirtschaftshof. Eine junge Frau, vielleicht zwei, drei Jahre älter als ich. Sie gab mir die Hand und sagte: ‹Ich heiße Aline.›

Ich sagte: ‹Fjodor.›»

«Die schöne Helena», sagte Hlaváček.

«Sie war tatsächlich schön, in meinen Augen. Ich sagte ihr, daß ich am nächsten Morgen mit der Arbeit anfangen solle, aber weder Arbeitskleidung noch Arbeitsschuhe besäße.

Sie sagte, einen alten Blaumann und alte Schnürschuhe werde sie für mich finden.

Der Botanische Garten. Er erschien mir wie ein Paradies. ‹Eine wunderbare Schöpfung von Wissenschaft und Geschmack› hat Franz Hessel gesagt.

Bis zur Schließung des Gartens war nicht mehr viel Zeit. Ich verabschiedete mich von Aline. Sie fragte: ‹Wo wohnst du?›

‹Nirgendwo.›

‹Aha.›

Ich ging den Großen Weg entlang, vorbei an Mittel- und Südamerika, Australien linkerhand, vorbei am Palmenhaus rechterhand, zwischen Deutschem Wald und Arzneipflanzen, vorbei am Botanischen Museum bis zum Ausgang am Königin-Luise-Platz.

Wohin sollte ich gehen? Für die billigste Pension fehlte mir das Geld. Sollte ich mich um eine Bettstelle als Schlafgänger bewerben? Aber da hätte ich nur am Tag für ein paar Stunden ein Bett mieten können. Auch das wäre zu teuer für mich gewesen. Ich brauchte ein Bett für die Nacht. Vielleicht hätte ich in einen Bahnhofswartesaal dritter oder vierter Klasse gehen und einen Platz auf einer Bank finden können. Aber ohne Fahrkarte in der Tasche hätte man mich aus dem Saal geworfen. Oder sollte ich in ein Obdachlosenasyl gehen. Ich wußte nicht einmal, wo ich ein Asyl hätte finden können. Später hörte ich von der ‹Wiesenburg›, dem Asyl an der Wiesenstraße im Wedding. Und vom Asyl ‹Palme› an der Prenzlauer Allee, hinter dem Kino ‹Elysium›. Ich bin froh, daß ich damals nichts von diesen Asylen wußte. Dort wurden von städtischen Beamten die Papiere kontrolliert. Die Beamten verglichen die Gesichter mit den Bildern auf Steckbriefen. Die ‹Palme› öffnete nachmittags halb vier. Bis sieben Uhr bekam jeder einen halben Liter Schleimsuppe. Zum Frühstück sogar einen dreiviertel Liter und ein Stück Brot. Die Suppe in angeschlagenen Emaillenäpfen. Für die Nacht kriegte man eine Wolldecke auf einem schmalen Bett aus Eisendraht. Keine Matratze, kein Kopfkissen. Die wären nicht zu reinigen gewesen. Die Wolldekken wurden jeden Tag desinfiziert. In jedem Schlafsaal standen sechzig Betten. In den Schlafsälen Gestank von Körperdünsten, schmutzigen Kleidern und Desinfektionsmitteln. Das hätte ich nicht ausgehalten.

Ich wanderte um den Botanischen Garten herum, die Altensteinstraße entlang, die Wildenowstraße bis Unter den Eichen, am Eingang zum Botanischen Garten vorbei in Richtung Rathaus Steglitz, schließlich in die Straße am Fichtenberg. Im Park standen Bänke. Ich setzte mich und nickte ein. Ein warmer Sommerabend. Ich wußte nicht, daß es verboten war, nachts in Parks und Anlagen zu schlafen. Ich blieb einfach sitzen. Die wenigen Leute, die im Park spazierengingen, waren vielleicht zu vornehm, mich aufzuwecken. Gleich nebenan der Botanische Garten.

Am nächsten Morgen war ich viel zu früh am Eingang zum Botanischen Garten. Ich mußte warten, bis die Angestellten und Arbeiter eingelassen wurden. Am Wirtschaftshof sah ich Aline kommen.

Sie sagte: ‹Du siehst nicht gerade ausgeschlafen aus. Wo hast du übernachtet?›

Ich zeigte auf den Fichtenberg.

‹So wird das aber nix›, sagte Aline. ‹Hast du gefrühstückt?›

‹Nein.›

Sie goß mir aus ihrer Thermosflasche einen Becher Kaffee ein und gab mir aus ihrer Brotbüchse ein Brot mit Leberwurst.

Im Geräteschuppen bekam ich einen alten Blaumann und alte grobe Schnürschuhe. Die Schnürschuhe waren mir zu groß.

Schließlich teilte Aline die Arbeit für ihre Gruppe ein. Mir wies sie für den Anfang eine leichte Arbeit zu: Komposterde sieben.

In der Mittagspause nahm Aline mich beiseite. ‹Meine Eltern haben einen Kleingarten mit Laube. Dort kannst du übernachten. Ich habe meine Eltern gestern gefragt.›

Ich war so überrascht, daß ich Aline umarmte und leicht küßte.

Sie lachte und sagte: ‹Nicht so stürmisch.›

Nach der Arbeit brachte sie mich zu dem Kleingarten. Wir gingen zu Fuß, vielleicht zwanzig Minuten. Kolonie Erlenstraße. Der Garten ungefähr zweihundert Quadratmeter groß. Die Laube hatte zwei Räume. Toilettenhäuschen separat in einer Gartenecke hinter der Laube. Plumpsklo. Vor der Laube eine Wasserpumpe. Kein elektrisches Licht, nur Petroleumlampen.

Eine Bleibe in Berlin, mitten im Grünen, nicht weit von der Arbeitsstelle. Ich war glücklich.

Zu Aline sagte ich: ‹Das kann ich mir gar nicht leisten.›

‹Teuer ist es nicht›, sagte Aline. ‹Du hilfst mir bei der Gartenarbeit.›

Alines Vater war Eisenbahner. Er hatte nicht genug Zeit für den Garten. Und Alines Mutter war die Gartenarbeit zu viel. Aline bewirtschaftete das Stück Land als Gemüsegarten, um Haushaltsgeld für die Familie zu sparen. Sie hatte Kartoffeln gepflanzt, sie zog Bohnen, Möhren, Kohlrabi, es gab Salat, Zwiebeln, Radieschen und Küchenkräuter. Nur am Garteneingang Blumen.

Aline sagte, ich solle am nächsten Tag meinen Koffer holen.»

«Durfte man denn in einer Laube dauerhaft wohnen?»

«Nein. Aber Aline redete mit den Parzellennachbarn, wahrscheinlich auch mit dem Vorstand der Kolonie. Offenbar haben alle ein Auge zugedrückt.

Am ersten Wochenende kamen Alines Eltern in den Garten. Sie begrüßten mich mit der allergrößten Selbstverständlichkeit. Alines Mutter hatte einen selbstgebakkenen Rührkuchen mitgebracht. Aline kochte Kaffee. Wir saßen vor der Laube bei Kaffee und Kuchen.

Alines Vater sagte, die Arbeitslosigkeit werde immer schlimmer. Und die Stütze für die Arbeitslosen reiche vorn und hinten nicht. ‹Da kannst du von Glück sagen, daß du im Botanischen Garten untergekommen bist. Ein halbes Wunder ist das.› Er frage sich, wann es ihn erwische.

Alines Mutter sagte, die Eisenbahn fahre immer.

Immerhin könne er zur Not im Garten Kartoffeln buddeln. ‹Dann machst du uns Kartoffelsuppe. Oder Puffer.›

‹Red nicht so.›

‹Die Brüder Saß haben es richtig gemacht. Statt Kartoffeln haben sie einen Tunnel gebuddelt bis unter die Depositenkasse von der Disconto. Zweieinhalb Millionen Mark Reingewinn.›

‹Sag doch nicht so was. Die Polizei hat sie ja geschnappt.›

‹Aber beweisen konnte sie es ihnen nicht.›

‹Dir hätte die Polizei es bewiesen.›

Aline sagte, doof seien die Brüder Saß trotzdem gewesen. ‹Sie haben die Originalnoten von Richard Wagner liegengelassen. Tristan und Isolde, hab ich gelesen.›

‹Was hätten sie damit anfangen sollen›, sagte Alines Vater. ‹Verkaufen? Dann wären sie gleich hochgegangen.›

‹Schmeckt mein Kuchen?› fragte Alines Mutter.

‹Sehr gut›, sagte ich.

‹Dann iß noch ein Stück.›

‹Ich ärgere mich, daß die Hertha gegen Fürth verloren hat›, sagte Alines Vater. ‹Drei zu zwei. Lächerlich. Jetzt ist Fürth Deutscher Meister. Na, vielleicht nächstes Jahr.› »

«Am folgenden Wochenende blieb Aline bei mir in der Laube. Ich war aufgeregt. Aline nicht. Ich war nicht ihr erster Mann, aber sie war meine erste Frau.»

«Ein Sommer im Grünen.»

«Aline wollte an den Wochenenden immer etwas unternehmen. Am liebsten schwimmen gehen. Die neue Freibadanlage am Wannsee wurde erst ein Jahr später eröffnet. Man konnte aber natürlich auch in der alten Badeanstalt Wannsee seine Zeit verbringen.

Wenn wir etwas gespart hatten, gingen wir ins Varieté. Das liebte Aline sehr. In die Scala in der Martin-Luther-Straße, wo wir Charles Rivel erlebt haben, Akrobat Schööön. Oder in den Wintergarten in der Dorotheenstraße. Dort haben wir die 3 Codonas gesehen und Grock mit seinem ‹Nit möööglich›. Aline hat den Ausspruch übernommen. Alines besonderer Favorit war Otto Reutter: ‹In fünfzig Jahren ist alles vorbei.›

Billiger war es, in den Zirkus zu gehen. Am Bahnhof Börse, in den Zirkus Busch.»

«Für Sie waren diese Ereignisse Gegenwart», sagte Hlaváček. «Für mich war das alles immer Geschichte.»

«Das ist es für mich jetzt auch.»

«Und das Theater?»

«Ich wäre gerne ins Theater gegangen. Bei uns um die Ecke ins Schloßparktheater. Oder ins Theater am Schiffbauerdamm, in die Dreigroschenoper. Aber das war zu teuer. Und Aline war nicht so sehr daran interessiert.

Unser größtes Vergnügen war es, tanzen zu gehen. Und natürlich sonntags ins Kino.»

«Der blaue Engel?»

«Nicht Neunzehnhundertneunundzwanzig. Den haben wir ein Jahr später gesehen. Aber Frau im Mond, von Fritz Lang, und Asphalt, und Die Büchse der Pandora nach Wedekind, von Georg Wilhelm Pabst, mit Louise Brooks als Lulu und Fritz Kortner als Dr. Schön. Alles Stummfilme.

Aline ließ sich nach dem Kinobesuch einen Pagenkopf à la Louise Brooks frisieren.

Mit dem Kleingarten gaben wir uns viel Mühe. Alines Mutter wollte die Kartoffeln einkellern, das Gemüse einwecken. Vorsorge für den Winter.

Aline nahm mich mit zu ihren Eltern, die in Steglitz wohnten. Zwei-Zimmer-Wohnung mit Wohnküche.»

«Wie lange wohnten Sie in der Laube?»

«Bis Oktober Neunundzwanzig.»

«Die Laube war nicht winterfest.»

«Ende Oktober sagte Aline: ‹Ich habe mit meinen Eltern gesprochen. Du kannst bei uns wohnen.›

Aline bewohnte bei ihren Eltern ein Zimmer, in dem anderen Zimmer schliefen ihre Eltern. Die Küche war der gemeinsame Wohnraum. Ich zog zu Aline.

Aber vorher fuhr ich zum Belle-Alliance-Bad in der Gneisenaustraße und nahm ein Wannenbad.

Alines Mutter nannte mich bei den Nachbarn ‹Alines Verlobter›.

Ich gab Alines Mutter regelmäßig Kost- und Wohngeld, obwohl Aline gesagt hatte, das Wohngeld könne ich mir sparen, weil die Miete durch meinen Einzug schließlich nicht gestiegen sei. Ich sagte, die Mutter solle das Wohngeld nehmen, weil ich ein eigenes Zimmer nicht bezahlen könne.

Noch beinahe ein ganzes Jahr arbeitete ich als Hilfsgärtner im Botanischen Garten. Es war ein schönes Jahr. Morgens mit Aline zur Arbeit, nachmittags mit Aline nach Hause.

In dieser Zeit ging ich allerdings nach der Arbeit auch oft im Botanischen Garten ins Botanische Museum, das von April bis August abends noch geöffnet hatte. Ich wollte das Museum gründlich kennenlernen.

Im Frühjahr Neunzehnhundertdreißig habe ich mich im Botanischen Museum als Museumsführer beworben.»

«Sie wollten die Gärtner-Arbeit aufgeben?»

«Ich wollte studieren und brauchte Geld.»

«Aber als Museumsführer …»

«Ich habe mich außerdem nach anderen Jobs umgesehen. Nachhilfe-Unterricht für Schüler am Grunewald-Gymnasium. Banjospieler und Sänger in kleinen Tanzkapellen.

Neunzehnhundertdreißig habe ich mich für das Biologie-Studium an der Berliner Universität eingeschrieben. Zum Wintersemester.

Als Museumsführer im Botanischen Museum mußte man ein Biologie-Studium absolviert haben. Ich durfte nur gelegentlich als Ersatz einspringen bei kleinen Führungen. Der Nachhilfe-Unterricht war meine Haupteinnahmequelle. Banjospielen und Singen wurden schlecht bezahlt.»

«Sie haben es trotzdem gewagt, an die Universität zu gehen?»

«Ohne Alines Ermutigung und ohne Alines Eltern wäre es nicht gegangen. Zwar habe ich Kost- und Wohngeld an sie gezahlt. Aber das hätte nicht gereicht, wenn ich allein hätte leben wollen.

Ich sollte an die Universitätsverwaltung Studiengebühren und Vorlesungshonorare bezahlen. Studiengebühren pro Semester, Vorlesungshonorare pro Wochenstunde. Das hätte ich nicht geschafft.

Ich bat den Direktor des Joachimsthalschen Gymnasiums, Professor Kappus, um eine Art Armutszeugnis. So wurden mir die Studiengebühren und Vorlesungshonorare für die Dauer des Studiums gestundet. Rückzahlung bei einer späteren Berufstätigkeit innerhalb von sechs Jahren.»

«Ein Darlehen.»

«Das gab es in Preußen auch schon im neunzehnten Jahrhundert. Ich kaufte mir den billigsten Anzug von der Stange und fuhr jeden Tag in die Universität. Nach den Vorlesungen und Seminaren saß ich die meiste Zeit in Bibliotheken. Eigene Bücher konnte ich mir nicht leisten. Wegen meiner Jobs hatte ich immer wenig Zeit für Aline. Aber sie hat zu mir gehalten. Vielleicht war sie auch ein bißchen stolz auf mich: Vom Hilfsgärtner zum Biologie-Studenten.

So ging es fort.

Ich muß Ihnen nicht erzählen, wie das Studium ablief. Ich ermüde Sie!»

«Nein! Erzählen Sie!»

«Seit ich die Universität besuchte, nahm ich deutlicher als vorher wahr, was um mich herum geschah. Ich hatte Kommilitonen kennengelernt, die sich heftig über politische Dinge stritten. Ich sträubte mich innerlich dagegen, aber sie zogen mich doch in ihre Streitereien hinein. Zum Beispiel über Remarques Film Im Westen nichts Neues. Die Nazis randalierten vor den Kinos gegen den Film, und obwohl unter meinen Kommilitonen wenig Nazis waren, fühlten sich manche Kommilitonen durch Remarque in ihren patriotischen Gefühlen verletzt. Oder eine andere Sache: Alines Vater sympathisierte mit den streikenden Berliner Metallarbeitern. Mich interessierte der Streik nicht, aber Alines Vater sagte zu mir, ich solle endlich meine Augen aufmachen.

Übrigens, im Juni Neunzehnhundertdreißig wurde Hertha BSC tatsächlich Deutscher Fußballmeister, gegen Holstein Kiel. Alines Vater bestand darauf, daß er das Neunzehnhundertneunundzwanzig vorausgesagt habe. Sein großer Held war der Hertha-Stürmer Willi Kirsei.»

«Fand das Spiel in Berlin statt?»

«Nein, in Düsseldorf.»

«Alines Vater ist zum Endspiel nach Düsseldorf gefahren?»

«Nein. Er las die Zeitungsberichte.

Im Oktober wurde das Pergamon-Museum eröffnet. Ich hatte große Lust, sofort hinzugehen. Aber ich wartete, bis ich mit Aline gehen konnte.

Für Alines Vater war es ein großer Tag, als im Juni Neunzehnhundertzweiunddreißig in Köln Hertha BSC den Meistertitel gegen München Achtzehnhundertsechzig verteidigte. Den Siegtreffer hatte Kirsei geschossen.

‹Ganz klar›, sagte Alines Vater.

Die politischen Dinge waren Neunzehnhundertzweiunddreißig für mich nicht leicht zu durchschauen, obwohl doch alles offen auf der Hand lag: sechshunderttausend Arbeitslose in Berlin – das waren zehn Prozent aller Arbeitslosen in Deutschland. Die Kandidatur Hitlers bei der Wahl des Reichspräsidenten. Hitler versprach Freiheit und Brot; das hörten die Arbeitslosen gern. Aber Brot hatten die Nazis nicht zu vergeben, und wie sah es mit der Freiheit aus? Die SA-Schläger griffen schon Neunzehnhunderteinunddreißig jüdische Geschäfte an. Hindenburg gewann gegen Hitler und Thälmann. Aber Hitler bekam im zweiten Wahlgang immerhin über sechsunddreißig Prozent der Stimmen.»

«Haben Sie Neunzehnhundertzweiunddreißig geahnt, wie das mit Hitler kommen würde?»

«Nein. Ich war zweiundzwanzig Jahre alt und politisch unerfahren, eigentlich ahnungslos. Verwirrend für mich war der Streik bei den Berliner Verkehrsbetrieben im November Zweiunddreißig, den die Kommunistische Gewerkschaft und die Nazi-Betriebszellenorganisation gemeinsam ausgerufen hatten. Die Diskussionen mit meinen Kommilitonen halfen mir nicht. Lieber redete ich mit Alines Vater.

Er sagte: ‹Die Kommunisten und die Nazis machen die Republik kaputt.›

Besonders wütend war er auf den Reichskanzler von Papen, der im Juli die SPD-geführte Regierung von Preußen abgesetzt und ihre Geschäfte als Reichskommissar übernommen hatte.

‹Baron Papen›, hatte Alines Vater gesagt.

Papen hatte behauptet, die preußische Regierung hätte nicht genug gegen die Kommunisten getan. Alines Vater hatte verstanden, daß das ein Vorwand war. Papen hat die demokratischen Kräfte in der preußischen Verwaltung ausgeschaltet und den Nazis in die Hände gespielt.»

«Hat sich Alines Vater mit seinen Ansichten nicht in Gefahr gebracht?»

«Er hat öffentlich nichts gesagt. Nur in der Küche hat er so gesprochen. Mir hat er geholfen, die Dinge besser zu verstehen.»

«Unter meinen nächsten Kommilitonen gab es zwar nur wenige Nazis. Aber es gab den Kampfausschuß der deutschen Studentenschaft, der später die Bücherverbrennungen organisiert hat. Nach der Ernennung Hitlers zum Reichskanzler am dreißigsten Januar Dreiunddreißig, nach der Machtübertragung und nach dem endlosen nächtlichen Fackelzug der SA fühlte ich, daß der Boden unter meinen Füßen brach. Ein Gefühl der Unsicherheit, der Verlorenheit, der Bedrohung und Gefahr. Es war das gleiche Gefühl, das mich nach Mamas Berichten über die Machtergreifung der Bolschewisten Neunzehnhundertsiebzehn in Petersburg beherrscht hatte. Ich konnte mich ja selbst an diese Zeit erinnern.

Das Gefühl der Verlorenheit wurde Dreiunddreißig immer stärker. Reichstagsbrand Ende Februar, Entlassung aller jüdischen Ärzte aus den Berliner Krankenhäusern Mitte März, Ermächtigungsgesetz, Boykott jüdischer Geschäfte, Ärzte und Rechtsanwälte. Dann das Verbot der SPD im Juni, die Selbstauflösung der demokratischen Parteien, die Ausbürgerung von Emigranten.»

«Alines Vater …»

«… war zwar nur ein kleines SPD-Mitglied. Er nahm das Verbot zähneknirschend hin. Was hätte er sonst tun sollen. Aber ihm drohte die Entlassung bei der Eisenbahn.»

«Das Gefühl der Bedrohung …»

«Der gestiefelte Gleichschritt, die Uniformen, Fahnen, das Parolengebrüll – eine einzelne Stimme wurde überschrien.»

«An der Universität?»

«Es fing schon im April an. Die neue Studentenrechtsverordnung. Bei der Immatrikulation hatten volleingeschriebene Studenten ihre arische Abstammung auf Ehrenwort zu versichern. Zwei Wochen später das Gesetz gegen die Überfüllung höherer Schulen und Hochschulen. Maximal eins Komma fünf Prozent durfte der Anteil jüdischer Schüler und Studenten an jeder Schule oder Fakultät noch betragen. Ich habe mit Alines Vater gesprochen.

Er meinte: ‹Du bist nicht in Gefahr.›

Was man Dreiunddreißig noch nicht wissen konnte: Das Institut für Agrarwesen und Agrarpolitik der Berliner Universität entwickelte ab Neunzehnhundertneununddreißig unter der Leitung von Professor Konrad Meyer, der SS-Mitglied und ein Günstling Himmlers war, einen sogenannten Generalplan Ost. Neunzehnhundertzweiundvierzig hat das Institut eine erste Fassung an Himmler geschickt. Das Ziel dieses Plans war die Germanisierung eroberter Gebiete durch Zwangsvertreibung der Bewohner und die Ansiedlung von Deutschen.»

«Nicht im Westen?»

«Doch. Aber vor allem im Osten, in Polen und Rußland. Die Mehrheit der Polen wurde als minderwertig angesehen, die man nicht hätte eindeutschen können. Tschechen wurden zu fünfzig Prozent ebenso bewertet, und so auch Franzosen.»

Hlaváček sagte: «Ich hätte gar nicht eingedeutscht werden wollen.»

«Die Berliner Universität! Im Laufe der Nazizeit hat die Universität vielen Mißliebigen den Doktorgrad aberkannt, zum Beispiel dem Begründer der Ausdruckspsychologie Rudolf Arnheim. Oder der Physikerin und

Chemikerin Hilde Levi, die in der Emigration Mitarbeiterin von Niels Bohr und von dem Nobelpreisträger George de Hevey wurde. Oder Ludwig Marcuse, dem Philosophen und Schriftsteller. Oder Alice Salomon, der großen Sozialreformerin. An einer Universität, die solchen Größen die akademischen Grade raubte, sollte ich weiter studieren? An dieser Universität wollte ich promovieren?»

«Das war an anderen deutschen Universitäten genauso.»

«Deshalb wollte ich aus Deutschland weg.»

«Und Sie kamen nach Prag.»

«Aline und ihre Eltern waren gegen meine Abreise.

Alines Mutter sagte: ‹Wo willst du wohnen. Du hast keine Arbeit, kein Geld.›

‹Du sprichst nicht Tschechisch›, sagte Alines Vater.

Aline sagte: ‹Und was wird aus uns beiden?›

‹Du kommst mit›, sagte ich.

‹Ich kann meine Eltern nicht alleinlassen.›

Alines Vater sagte: ‹In Berlin hast du deine Arbeit. Hier hast du dein Unterkommen. An der Universität werden sie dir schon nichts tun.›

‹Du verstehst mich nicht.›»

Dritter Tag auf See

11. September 2005

Kokoschkin sagte sich am Morgen: Bis New York noch drei Tage und drei Nächte auf See. Er freute sich auf das Frühstück mit Olga Noborra im Kings Court um 10:00 Uhr.

Olga sagte: «Heute vor vier Jahren …»

«Ich weiß. Ich mag die Silhouette von Manhattan ohne die beiden Türme gar nicht mehr sehen.»

«Wir sind oft in New York. Uns geht es genauso.»

Sachnowski kam an den Tisch. «Darf ich mich zu Ihnen setzen?»

«Aber ja.»

«Ich bin die förmlichen Sitzungen im Britannia leid. Und die Tischgespräche. Lady Lucy kann mitteilen, daß heute abend für den Herrn ein Jackett und ein Kragenhemd mit Krawatte angebracht sind, für die Dame ein Cocktailkleid oder ein Hosenanzug. Und sie kann daran erinnern, daß die Uhren in der Nacht um eine Stunde zurückzustellen sind.»

«Seien Sie nicht so streng», sagte Olga. «Sie können sich ein Vergnügen daraus machen.»

«Das fällt mir schwer. Übrigens, ich habe mit den Leuten vom Streichquartett vereinbart, daß ich ihren Probenraum benutzen darf.»

«Schön!»

«Die Musiker kommen aus Polen. Sie spielen heute abend im Illuminations. Nicht schlecht.»

«Was steht auf dem Programm?»

«Für jeden etwas. Zum Beispiel ein Divertimento von Mozart, das Prélude e-Moll von Chopin, von Joplin der Ragtime The Entertainer, von John Lennon und Paul McCartney Yesterday und zum Schluß Tea for two von Irving.»

«Reizvoll», sagte Olga.

«Ob man sich das aber anhören soll», sagte Kokoschkin.

«Vielleicht», sagte Sachnowski.

«Zum Lunch werden Sie doch kommen?»

«Ich weiß nicht.»

Olga Noborra wollte zum Training. Kokoschkin wollte mindestens eine Stunde lang an Deck 7 spazierengehen. Es war sonnig, 19° Celsius.

Zum Lunch war Sachnowski doch gekommen. Auch Oakley saß am Tisch.

Lucy sagte, sie und Frank hätten am Morgen gebetet.

Frank sagte etwas, was niemand verstand.

Lucy sagte: «Du mußt lauter sprechen, nicht so nuscheln.»

Frank sagte lauter: «Für die armen Menschen in den Twin Towers.»

«Ich habe auch für sie gebetet», sagte Olga Noborra.

Lucy fragte: «Müssen wir auf unserem Schiff nicht Angst haben?»

«Nein», sagte Oakley.

«Und was war mit der Achille Lauro?»

«Da waren vier bewaffnete palästinensische Terroristen als Passagiere an Bord gegangen. Im Oktober Fünfundachtzig. Glauben Sie, bewaffnete Gangster kommen heutzutage durch die Kontrollen. Ich sage Ihnen: Unser Schiff ist gesichert gegen Angriffe aus der Luft und von See her.»

«Und wie?»

«Das wird Ihnen die Reederei nicht auf die Nase binden.»

«Sehr charmant.»

«Angreifer sollen nicht wissen …»

«Ich verstehe ja schon.»

«Eines darf man wissen. Das Schiff ist gegen Angriffe von See mit LRAD-Waffen ausgerüstet.»

«Sehr beeindruckend, Ihre Abkürzung», sagte Lucy.

«Long Range Acoustic Device», sagte Oakley. «Eine akustische Waffe.»

«Wollen Sie die Terroristen mit schlechter Musik verjagen?»

«Verstehen Sie etwas von Akustik? Nein. Also. LRAD sendet hochfrequente akustische Signale zwischen zweitausendeinhundert und dreitausendeinhundert Hertz mit einem maximalen Schalldruck von hundertfünfzig Dezibel aus.»

«Das sagt mir nichts. Was passiert dem Beschossenen?»

«Starke Schmerzen am Trommelfell, Kopfschmerzen, Übelkeit, eventuell Bewußtlosigkeit.»

Kokoschkin sagte: «Eine Krachkanone.»

«Wie in der Hölle», sagte Oakley. «Wer diesen Ton auf die Ohren kriegt, dem vergeht Hören und Sehen, und er flieht. LRAD kann bleibende Hörschäden verursachen. Man schafft einen Sicherheitsabstand, ohne zu töten. Außerdem: Unser Schiff gehört zu den großen, die eine hohe Geschwindigkeit erreichen. An ein schnelles Schiff kommt man wegen der Strömungen nicht heran. Und: Die Öffnungen der großen Passagierschiffe liegen so hoch, daß man nicht ohne weiteres hinaufklettern kann.»

Sachnowski sagte: «Liebe Frau Lucy, bemerken Sie gar nicht, daß hier unentwegt über Politik gesprochen wird? Bei Tisch?»

«Ich glaube nicht an diese Sicherheiten. Was geschieht, wenn unser Schiff von U-Booten angegriffen wird?» sagte Lucy.

Oakley schwieg.

«Hoffentlich kommen wir heil nach New York.»

«Und auf der Rückreise wieder nach Southampton», sagte Frank.

«Sie sagen ja gar nichts, Frau Noborra», sagte Sachnowski.

«Ich bin sicher, daß wir wohlbehalten in New York ankommen», sagte Olga Noborra. «Warum soll ich mir den Kopf zerbrechen. Ich überlege gerade, wie ich den Rest des Tages verbringe.»

Kokoschkin sagte: «Darf ich Vorschläge machen? Das sonnige Wetter, die warme Luft ...»

«Wieviel Grad?» sagte Lucy.

«Jetzt einundzwanzig, bei mildem Südwind. Also, es lohnt sich noch, im Liegestuhl an Deck zu ruhen. Übrigens, wir haben ungefähr die Hälfte der Strecke zurückgelegt.»

«O. K.», sagte Olga Noborra, «Was schlagen Sie noch vor?»

«Dinner nur im Kings Court.»

«Einverstanden.»

«Zwanzig Uhr fünfundvierzig im Theater die Tanz- und Musikshow, die gestern wegen des Seeganges ausgefallen ist.»

«Ich weiß nicht.»

«Zweiundzwanzig Uhr fünfzehn in den Illuminations das Konzert des Streichquartetts.»

«Also doch?»

«Man kann nach dem Mozart-Divertimento gehen.»

«Ja.»

«Und zum Schluß in den Golden Lion Pub.»

«Vielleicht.»

Lucy sagte: «Heute abend informell. Und nachts die Uhren um eine Stunde zurückstellen.»

Sachnowski sagte: «Herr Oakley, was weiß man Neues über die verschwundene Passagierin?»

«Nichts. Sie ist weg. Wahrscheinlich Fischfutter. Futsch und perdu.»

«Herr Oakley! Es ist empörend und unerträglich, wie

Sie von dieser Frau sprechen!» sagte Lucy. «Diese Frau ist schließlich ein Mensch!»

«War!» sagte Oakley.

«Ist oder war. Ein Mensch.»

«Pah!» sagte Oakley. «Mensch! Was ist der Mensch! Ein Stück Scheiße, das glaubt, es ist ein Stern.»

«Ich bitte Sie», sagte Kokoschkin.

«Mich kotzt dieses ewige Gesäusel an», sagte Oakley. «Bin ich hier in der Kirche oder beim Lunch.»

Lucy stand auf. Frank stand auf. Lucy sagte: «Ich kann mit Ihnen nicht mehr am Tisch sitzen, Herr Oakley. Wir werden um einen anderen Platz bitten.»

«Das können Sie sich sparen. Ich bitte um einen anderen Platz.»

Lucy und Frank gingen.

Oakley stand auf, verbeugte sich knapp und ging.

Sachnowski sagte: «Es wäre mir lieber, Lucy und Frank würden sich einen anderen Platz suchen.»

«Der Ausfall von Herrn Oakley wäre nicht nötig gewesen», sagte Olga Noborra.

«Stimmt», sagte Kokoschkin. «Aber so ist er. Ich kenne ihn.»

Olga Noborra sagte: «Ich gehe zur Pool-Terrasse und suche mir einen Liegestuhl.»

«Ich gehe in den Probenraum des Streichquartetts», sagte Sachnowski.

Kokoschkin sagte zu Olga Noborra: «Ich begleite Sie.»

An der Terrassenbar bestellte Kokoschkin einen frisch gepreßten Orangensaft und brachte ihn Olga.

Sie sagte: «Sie sorgen für mich wie ein Vater und eine Mutter.»

‹Schade›, dachte Kokoschkin. Er sagte: «Ein schöner Satz. Ich kenne ihn.»

Er setzte sich neben Olga Noborra in einen Liegestuhl und blickte in den Himmel.

Nach einigen Minuten sah er zu Olga hin. Sie war eingeschlafen.

Kokoschkin konnte Olgas Gesicht betrachten. Die dunklen Brauen. Den Schatten der Lider. Die hohen Wangenknochen. Die Nase. Die Lippen.

Kokoschkin lehnte sich zurück, nahm ein kleines Buch aus der Tasche und las.

Als er nach einiger Zeit wieder zu Olga hinsah, hatte sie die Augen geöffnet.

Kokoschkin sagte: «Darf ich Ihnen etwas vorlesen?»

«Ja. Gerne.»

«Sommer, ein Gut im waldigen westlichen Gebiet.

Den ganzen Tag fiel ein frischer, starker Regen, unaufhörlich trommelte er auf das Bretterdach. Im stillgewordenen Haus ist es dämmerig, langweilig, an der Decke schlafen Fliegen. Im Garten neigen sich die feuchten Bäume in stiller Ergebung unter das fließende Netz des herabströmenden Wassers, die roten Blumen auf den Beeten vor der Veranda leuchten ungewöhnlich grell. Hoch über dem Garten, vor dem dunstigen Himmel aufragend, steht ein Storch auf dem Rand seines Nestes; dunkel, mager, mit abwärtsgebogenem

Schwanz und hängendem Schopf; er steht da auf seinem Nest im Wipfel der hundertjährigen Birke, in der Astgabel ihrer nackten weißen Äste; bisweilen hüpft er ein wenig unzufrieden, hölzern klappert sein Schnabel: Was ist denn das – das ist doch eine Sintflut, eine richtige Sintflut!

Aber jetzt, um vier Uhr, wird der Regen heller, dünner. Der Samowar wird im Flur angeheizt – der balsamische Geruch des Rauches zieht über den ganzen Hof. Zur Zeit des Sonnenuntergangs ist der Himmel bereits völlig klar, es ist still und friedlich. Die Herrschaften gehen mit ihren Hausgästen zu einem Spaziergang in den Wald.

Sanft blaut der Abend.

In den mit braunen Nadeln bedeckten Schneisen des Waldes sind die Wege feucht und federnd. Die Fichten duften, die Bäume sind noch triefendnaß und geben ein Echo: eine ferne Stimme, irgendein langgezogener Ruf hallt wunderbar im fernsten Dickicht wider. Die Schneisen scheinen schmaler zu werden, ihre Breite im Vordergrund verengt sich ins Endlose, entführt in abendliche Ferne. Der Nadelwald steht mächtig, dunkel und dicht am Wegrand. Die Stämme sind in den Wipfeln kahl, glatt, rot; weiter unten sind sie rissig, grau bemoost, vereinigen sich: das sind Moose, Flechten, Zweige, die bereits in Fäulnis übergegangen sind, in grünlicher, zottiger Gewandung, wie bei sagenhaften Ungeheuern des Waldes, sie bilden das Unterholz, eine Art von russischer Urwildnis. Und wenn man auf die freie Fläche hinaustritt, erfreut man sich an dem jungen Nachwuchs der Fichten, an ihrem zarten, blassen Grün, ein wenig sumpfig noch, aber kräftig im Gezweig; über der ganzen Schonung sprüht noch ein feiner Staubregen, der sie wie ein besternter Schleier überdeckt …

An jenem Abend liefen den Spaziergängern ein kleiner Kadett und ein guter, großer Hund voraus. Sie spielten miteinander, jagten und überholten einander im Jagen. Und mit den anderen Spazierenden hielt anmutig und gemessen ein Backfisch den Schritt, ein Mädchen mit langen Armen und Beinen, in einem leichten, karierten Mäntelchen, das aber doch irgendwie sehr reizend war. Alle lächelten – sie wußten, warum der Kadett so vorausläuft, so unermüdlich spielt und sich so heiter stellt – nur, damit er nicht in verzweifeltes Weinen ausbrechen muß. Das Mädchen wußte es auch, und es war stolz und zufrieden. Aber es sah unbekümmert und abweisend aus.»

«Es gefällt mir», sagte Olga. «Wer hat es geschrieben?»

«Sie ahnen es. Bunin. Ich ziehe Sie in *meine* russische Welt.»

«Es ist das Rußland im neunzehnten Jahrhundert.»

«Ja.»

Kokoschkin war vor Olga Noborra im Kings Court. Er hatte sich an einen kleinen Tisch am Fenster gesetzt. Sie kam in einem leichten taillierten dunkelblauen Kleid, das die Knie nicht bedeckte.

Er mußte an eine Erzählung Bunins denken. Ein junges Mädchen, Olja genannt, erzählt ihrer Lehrerin, sie habe in einem Buch aus der Bibliothek ihres Vaters gelesen, wie eine schöne Frau sein müsse. Die Augen schwarz wie siedendes Pech, die Wimpern so schwarz wie die Nacht, auf den Wangen ein zarter Anflug von Rot, eine schlanke Figur, überlange Hände, ein kleiner Fuß, eine nicht zu große Brust, wohlgerundete Waden, Knie in der Farbe von Muschelschalen, abfallende Schultern. Und das Wichtigste – ein leichter Atem. – Kokoschkin dachte: Das ist Olga Noborra!

Am Büfett sagte ein Mann, der wie ein Deutscher klang, zu Kokoschkin: «Der Kaffee aus dem Thermobehälter ist tödlich. Bestellen Sie lieber an der Bar einen Espresso.»

Der Mann schien übersehen zu haben, daß der Kaffee, den er meinte, koffeinfrei war.

Während der Tanz- und Musikshow im Royal Court Theatre sagte Olga Noborra: «Nicht schlecht gemacht, aber uninteressant.»

Kokoschkin hätte sagen sollen: ‹Möchten Sie gehen?› Aber er sagte: «Sollen wir gehen?»

«Neinnein.»

Das Illunimations-Auditorium hätte auch ein Konzertsaal sein können.

Eine Art festlicher Erwartung, die Kokoschkin vor jedem Konzert erfüllt, hegte er auch hier.

Nach dem Divertimento in F-Dur von Mozart spielte das Quartett den Tango von Albéniz aus España. Dieser Wechsel gefiel Kokoschkin gar nicht.

Olga Noborra fragte Kokoschkin: «Möchten Sie gehen?»

«Ja.»

Leise, im Prélude e-Moll von Chopin, das Kokoschkin lieber vom Klavier gehört hätte, verließen Olga Noborra und Kokoschkin das Auditorium.

Auf dem Weg zum Golden Lion Pub die Blicke der Passagiere Ella Fitzgerald, Feldmarschall Montgomery und Duke Ellington von hohen Fotos.

Olga Noborra war überrascht. Im Pub standen auf einem niedrigen Podest zwei junge Frauen und sangen Bye Bye Miss American Pie. Textsicher alle sechs Strophen, aber mit vielen falschen Tönen.

«Schade», sagte Olga Noborra, «das haben Buddy Holly, Ritchie Valens und J. P. Richardson nicht verdient.»

Der Beifall der Pub-Gäste war trotzdem stark, vielleicht, weil der Ansager den beiden jungen Frauen «aus Deutschland» ausdrücklich gedankt hatte.

Textsicher waren die beiden gewesen, weil sie den Text von einem Bildschirm abgelesen hatten.

«Ach so», sagte Olga Noborra, «der Pub ist heute eine Karaoke-Bar.»

Nach den beiden Deutschen wurde ein Schweizer angekündigt: I did it my way. Er sang, ohne auf den Bildschirm zu blicken. Am Schluß hob er die Arme und ließ sich vom Publikum, das mitgesungen hatte, begeistert feiern.

Kokoschkin hatte in der Bar Bier bestellt, Olga Noborra ein Glas Champagner.

Kokoschkin sagte: «Auf die wirkliche Gefahr hin, mich bei Ihnen für immer lächerlich zu machen, werde ich jetzt auch singen.»

«Die Absicht macht Sie nicht lächerlich. Nur, wenn Sie schlecht singen.»

«Ich singe ein Lied, das ich schon oft gesungen habe. Sie kennen es natürlich.»

Kokoschkin bat den Ansager um die Einstellung des Musiktitels.

Er sang, ohne den Text auf dem Bildschirm anzusehen:

«Of all the boys I've known, and I've known some
Until I first met you, I was lonesome
And when you came in sight, dear, my heart grew
  light
And this old world seemed new to me
You're really swell, I have to admit you
Deserve expressions that really fit you
And so I've racked my brain, hoping to explain
All the things that you do to me.»

Olga stand an der Bar. Kokoschkin sah zu ihr hin.

«Bei mir bist du scheen, please let me explain
Bei mir bist du scheen means you're grand
Bei mir bist du scheen, again I'll explain
It means you're the fairest in the land.»

Olga lachte ihm zu und trank einen Schluck Champagner.

Und Kokoschkin sang:

«I could say Bella, bella, even say Wunderbar
Each language only helps me tell you
how grand you are.»

Jetzt blickte Kokoschkin geradeaus:

«I've tried to explain, bei mir bist du scheen
So kiss me and say you understand.»

Die Zuhörer klatschten.

«Bei mir bist du scheen, you've heard it all before
but let me try to explain
Bei mir bist du scheen means that you're grand
Bei mir bist du scheen, it's such an old refrain
and yet I should explain
It means I am begging for your hand.

I could say Bella, bella, even say Wunderbar
Each language only helps me tell you
how grand you are.»

Der Beifall war groß. Kokoschkin kam vom Podest herunter, nahm an der Bar sein Bier und prostete Olga zu.

Sie sagte: «Sehr scheen. Sie haben die Version der Andrews Sisters gesungen.»

«So habe ich es zuerst gehört.»

«Bei den Andrews Sisters und sogar bei Ella Fitzgerald hört man den Einfluß der Boswell Sisters.»

Unterdessen ging die Karaoke-Show weiter.

«Zu laut, um sich zu unterhalten», sagte Olga. «Ich bin auch müde. Ich gehe schlafen. Leben Sie wohl, Fjodor.»

«Bis morgen», sagte Kokoschkin.

Er blieb an der Bar stehen und trank sein Bier aus. Schließlich, gegen 24 Uhr, ging er ins Kings Court, aß Artischockenherzen und trank einen Orangensaft.

«Aline war traurig, ich war traurig. Alines Eltern schwiegen. Aber ich ging von Berlin fort.

Aline brachte mich zum Anhalter Bahnhof. Ich versprach ihr, bald meine Adresse zu schreiben. Ich bat sie, mich bald zu besuchen.

Ich fuhr am einundzwanzigsten Juni Dreiunddreißig nach Prag.»

«Dreiunddreißig», sagte Hlaváček. «Da war ich noch gar nicht geboren.»

«Ich war nie in Prag gewesen. Aber ich hatte einiges über Prag gelesen. Ich wußte nicht, wohin ich in Prag gehen sollte.

Ich wußte nur, daß die tschechischen Grenzbehörden Reisende oder Flüchtlinge aus Deutschland ins Land ließen.

In Prag stand ich mit meinem Koffer in der Hand auf dem Vorplatz des Wilsonovo nádraží. Wohin jetzt? Ich hatte Hunger. Ich wanderte die Wilsonova entlang, an der Ecke Bolzanova vorbei und bog links in die Hybernská ein. Dort ging ich ins nächste Restaurant und bestellte Schweinsbraten mit Semmelknödeln und Sauerkraut, dazu ein Pilsener Bier.

Der Wirt sprach Deutsch. Ich fragte ihn, ob ich meine

Zeche mit deutschem Geld bezahlen könne, und er willigte ein.

Er fragte mich, wohin ich reisen wolle.

Ich sagte, ich wolle in Prag bleiben, könne mir aber keine Pension leisten. Ob ich in seiner Küche als Tellerwäscher arbeiten könne.

‹Ja›, sagte er. Und wohnen könne ich zusammen mit einem anderen Küchenjungen in der Dachkammer. Das sei mein Lohn für die Küchenarbeit. Außerdem bekäme ich pro Tag eine warme Mahlzeit, zum Beispiel Schweinsbraten mit Semmelknödeln und Sauerkraut, dazu ein Bier. Allerdings, Tellerwaschen werde nicht meine einzige Arbeit sein. Ich müßte auch Gemüse putzen, Kartoffeln schälen, die Küche saubermachen.

Ich war einverstanden. Eine Nothilfe. Geld konnte ich aber nicht verdienen.

An Aline schrieb ich: ‹Eine Unterkunft habe ich gefunden und eine Arbeit auch. Aber es ist nichts auf Dauer.›

Der andere Küchenjunge war Sudetendeutscher. Er hieß Franz. Ich nahm meinen Koffer, und Franz zeigte mir die Dachkammer. Ein elendes Loch. Heiß, stickig. Ohne Kleiderschrank. Eine Emaille-Waschschüssel auf einem Gestell. Toilette eine Treppe tiefer. Unter beiden Betten Nachttöpfe.

Die Küchenarbeit sollte am nächsten Morgen beginnen.

Meine Lage war erbärmlich, aber ich befand mich in Prag. Ich machte mich auf den Weg in die Goldene Stadt.

An einem Kiosk erstand ich einen Stadtplan in tschechischer, einen anderen in deutscher Sprache. Außerdem das deutschsprachige Prager Tagblatt. Erst Jahre später begriff ich, wer die Leute waren, die im Prager Tagblatt geschrieben haben. Max Brod, Johannes Urzidil, Alfred Polgar und Roda Roda, Friedrich Torberg und Egon Erwin Kisch.

Ich ging die Hybernská entlang und begriff allmählich: so armselig meine Unterkunft auch war, ich wohnte nahezu im Zentrum von Prag.

Tschechisch hatte ich mir einfacher vorgestellt. Ich dachte, wer Russisch spricht, der kann leicht Tschechisch verstehen. Irrtum. Statt des Stadtplans in tschechischer Sprache benutzte ich anfangs nur den deutschsprachigen Stadtplan.

Auf der Hybernská kam ich bald zum Platz der Republik und sah das Gemeindehaus und den Pulverturm.

Ich bog in die Celetná ein und war im Nu am Altstädter Ring mit dem Altstädter Rathaus auf der einen Seite, der Teynkirche auf der anderen.

Wäre ich der Hybernská in die Na příkopě gefolgt, hätte ich den Wenzelsplatz erreicht.

Mir gingen die Augen über von der Schönheit der Gebäude.»

«Am nächsten Morgen fing mein Dienst in der Restaurant-Küche an. Der Wirt war großzügig. Mittags aßen Franz und ich Lendenbraten mit Schmand …»

«Svíčková na smetaně», sagte Hlaváček.

«Anderntags gebackenen Käse …»

«Smažený sýr.»

«Immer Bier. Pilsener oder Budweiser. Auch täglich Nachspeisen. Buchteln oder Palatschinken. Dazu Kaffee, Türke.»

«Sie machen mir Appetit.»

«Franz, der andere ‹Küchenjunge›, ein neunzehnjähriger kräftiger Bursche, stammte aus Asch im nordwestböhmischen Zipfel. Er sprach eine Art Bairisch, mit rollendem R. Ich fragte ihn, warum er in Prag arbeite. Er sagte, in Asch, wo man Deutsch spreche, seien die Leute gegen die Tschechen eingestellt, obwohl doch alle tschechoslowakische Staatsbürger seien. Er wolle Tschechisch lernen, müsse sich aber noch mit den tschechischen Ausdrücken für die böhmische Küche begnügen, weil er zum Lernen keine Zeit finde. Er wolle Koch werden, besonders für böhmische Gerichte. Unser Koch zeige ihm schon ab und zu, wie man es mache.

Er fragte mich, was denn ich in Prag wolle. Ich sei doch kein Küchenjunge.

Ich sagte ihm die Wahrheit. In Deutschland habe es mir nicht mehr gefallen seit dem Gleichschritt. Ich wolle in Prag studieren, aber mir fehle das Geld. Deshalb der Küchenjunge.

‹Ich verstehe›, sagte er. ‹Den Gleichschritt gibt es in Asch auch schon. Aber studieren? Da mußt du doch Tschechisch können. Und Geld? Das kannst du in der Küche nicht verdienen …›

‹Ich weiß›, sagte ich. ‹Aber erst einmal habe ich hier ein Dach über dem Kopf und jeden Tag etwas zu essen.›

‹Ich an deiner Stelle›, sagte Franz, ‹ich tät erst einmal aufs Land gehen. Wo die Leute Tschechisch reden. Das lernst du dort. Und beim Bauern arbeiten. Da kriegst du ein Geld. Das kannst du sparen. Wenn du genug gespart hast und Tschechisch kannst, dann kommst du zurück nach Prag und studierst.›

Das klang vernünftig. Ich habe lange darüber nachgedacht. Aufs Land. Wohin? Jedenfalls nicht in eine Gegend, in der Deutsch vorherrschte.

An einem Sonntag bin ich bis zum Eingang des Botanischen Gartens an der Straße Na slupi gewandert. Hineingegangen bin ich nicht, weil ich das Eintrittsgeld lieber sparen wollte. Ich dachte an Aline, an unsere Arbeit im Berliner Botanischen Garten, und es schnürte mir die Kehle zu. Hier, im Prager Botanischen Garten, bekäme ich nie eine Arbeit, nicht als Hilfsgärtner und schon gar nicht als Führer für Besucher. Ich war noch kein Biologe, und ich sprach kein Tschechisch. Mutlos ging ich zurück zur Altstadt.

Noch deprimierender fiel meine Wanderung zur Karls-Universität aus. Ich wußte, daß ein Botaniker der Rektor der Universität war, Karel Domin. Sein Autorenkürzel DOMIN kannte ich schon aus dem Botanischen Museum in Berlin. Er hatte in der Biblioteca botanica die Pflanzengeographie Australiens beschrieben.

An der Karls-Universität immatrikuliert zu werden,

das kam mir noch aussichtsloser vor als eine Anstellung im Prager Botanischen Garten. Ich habe es gar nicht erst versucht. Auf dem Heimweg in die Hybernská hatte ich plötzlich das Gefühl, meine Abreise aus Berlin, mein Aufenthalt in Prag seien verfehlt.

Aber dieses Gefühl hielt nicht lange an. Ich sprach in unserer Bodenkammer mit Franz. An welche Gegend er gedacht habe, als er mir riet, aufs Land zu gehen.

‹An Mähren, an einen Marktflecken bei Telč.›

‹Wie kommst du darauf. Ich habe noch nie etwas von Telč gehört.›

‹Mein Vater ist Metzger. Er hat einmal bei Satrapa in Studená gearbeitet.›

‹Satrapa?›

‹Hast du noch nichts von Satrapa gehört? Eine Fabrik für Selchwaren.›

‹Wo liegt Telč?›

‹In Südmähren. Hab ich doch gesagt. Richtung Brno. Auf halbem Weg zwischen Prag und Brno.›

‹Warst du schon in Telč?›

‹Ja. Ich hab den Bauern in Studená besucht, bei dem mein Vater gewohnt hat.›

‹Tschechen?›

‹Tschechen. Sie sprachen auch Deutsch.›

‹Und?›

‹In Studená gibt es schöne Teiche. Kann man baden und angeln.›

‹Du meinst, ich könnte auch bei Satrapa arbeiten?›

‹Nein. Du könntest bei dem Bauern arbeiten, den ich

besucht hab. Wo mein Vater gewohnt hat. Und wohnen könntest du bei dem auch.›

‹Wie soll ich den finden?›

‹Ich schreib dir den Namen und die Adresse auf.›

«‹Ich überleg's mir.›»

Hlaváček sagte. «Haben Sie sich das überlegt?»

«In ein südmährisches Dorf ziehen? Oder Küchenjunge in Prag bleiben. Nach Deutschland zurückgehen? Nein. Nach Paris? Nein.

Ich hatte kein Geld und sprach nur Russisch, Deutsch und Schulenglisch. Meine Lage war verzweifelt.

Wo konnte ich Geld verdienen? Wo konnte ich mich verständigen?

Wo konnte ich wieder studieren? Ich war im sechsten Semester, als ich von Berlin fortging.

Geld konnte ich nirgends genug verdienen, um studieren zu können.

Verständigen konnte ich mich in Österreich, in der Schweiz, in England, in den USA …

Ich brauchte ein Stipendium …

So dachte ich, aber weiter dachte ich noch nicht. Sie wissen, wie es weiterging.»

«Wie es weiterging, weiß ich», sagte Hlaváček. «Aber ich weiß nicht, wie es dazu kam, daß es weiterging.»

«Ich ging in einer Gefühlsmischung aus Verzweiflung, Größenwahn und Erleuchtung zur amerikanischen Botschaft. Dem Kulturattaché sagte ich, ich sei Fjodor Fjodorowitsch Kokoschkin, Neunzehnhundertachtzehn mit Mama aus Petersburg nach Odessa geflüchtet, nachdem mein Vater, Minister in der Kerenski-Regierung, von den Bolschewisten ermordet worden war. Neunzehnhundertzweiundzwanzig sei ich mit Mama nach Deutschland gekommen. Ich hätte nach dem Besuch des Gymnasiums fast sechs Semester Biologie in Berlin studiert. Bald nach der Machtübergabe an Hitler sei ich nach Prag gegangen, wo ich hätte weiterstudieren wollen. Aber meine materielle Situation sei katastrophal. Deshalb wolle ich mich um ein Stipendium in den USA bewerben, und ich erbitte ein Visum für die Einreise in die Vereinigten Staaten.

Der Kulturattaché verstand Deutsch. Er fragte mich, ob ich Bekannte oder Freunde hätte, die meine Darlegung glaubhaft bestätigen könnten.

Ich sagte, ein Bekannter meines Vaters könne meine Angaben bestätigen, soweit sie sich auf meinen Vater bezögen. Er heiße Alexander Kerenski, ehemals Ministerpräsident der Provisorischen Regierung von Rußland, wohnhaft in Paris. Was mich persönlich betreffe, so möge man den russischen Dichter Wladislaw Chodassewitsch befragen, der Mama und mich aus unserer Zeit in Berlin kenne. Er wohne ebenfalls in Paris.

Der Kulturattaché verbarg nicht, daß er beeindruckt war. Er sagte, er wolle mir helfen.

‹Zuerst brauchen wir die Voten der Herren Kerenski und Chodassewitsch. Ich wende mich an unsere Botschaft in Paris, die Kontakt zu beiden Herren aufnehmen kann. Dann schreiben wir den Antrag auf ein Stipendium einer amerikanischen Universität. Wenn das Stipendium gewährt wird, bekommen Sie von uns ein Visum für die Einreise in die Staaten.›

Ich hatte das Gefühl, ich träume. Mir war allerdings bewußt, daß ich auf die Wirkung der Namen meines Vaters, Kerenskis und Chodassewitschs spekuliert hatte. Das erschien mir nicht ganz in Ordnung. Andererseits: Warum hätte ich es nicht tun sollen. Schließlich war ich der Sohn meines Vaters, schließlich war Vater Minister gewesen, schließlich kannte mich Chodassewitsch.

Der Kulturattaché sagte, ich müsse allerdings Geduld aufbringen. Man wisse nicht, wann die Antworten von Chodassewitsch und Kerenski einlangten, wenn überhaupt. Und eine Antwort auf die Bewerbung um ein Stipendium könne man höchstens nach zwei Monaten erwarten.

Es war inzwischen August geworden in Prag. Ich stellte mich auf eine Wartezeit von drei bis vier Monaten ein. Den Winter Dreiunddreißig Vierunddreißig müßte ich in Prag zubringen, dachte ich.

In dem beruhigenden Gefühl, einen Ausweg gefunden zu haben, schrieb ich an Aline, sie möge mich doch in Prag besuchen. Ich wollte auch erfahren, wie es Alines Vater nach dem Verbot der SPD ergangen war.

Ich schrieb an Mama in Paris. Es gehe mir gut. Ich hätte Arbeit in einem Restaurant und eine Bleibe. Die amerikanische Botschaft in Prag werde sich an Chodassewitsch wenden. Sein Votum für mich brauchte ich für einen Stipendienantrag. Von meiner Absicht, in die USA zu reisen, schrieb ich nichts.

Der Chef des Restaurants gab mir eine Woche frei. Ich buchte in einer einfachen Pension für eine Woche ein Doppelzimmer.

Ich holte Aline vom Hauptbahnhof ab. In Prag herrschte der schönste Spätsommer. Aline war unbeschwert oder tat so. Ich sagte, das Zimmer in der Pension könne ich nicht bezahlen. Sie lachte und klopfte auf ihre Handtasche. Wir aßen in schlichten Restaurants. Aline sagte, sie liebe die böhmische Küche, und sie zeigte es.

Ihr Vater, sagte Aline, habe gesagt: ‹Wären wir doch alle mit Fjodor nach Prag gegangen.› Er fürchte, festgenommen zu werden wie andere SPD-Mitglieder.

Aline und ich lebten wie Touristen. Wir schlenderten über die Karls-Brücke und blieben bei jeder Brükkenfigur stehen. Vor der Statue des heiligen Nepomuk erzählte ich Aline, was ich gehört hatte: daß Nepomuk Dreizehnhundertdreiundneunzig auf Befehl von König Wenzel dem Vierten gefoltert und von der Karls-Brücke in die Moldau gestürzt worden sei.

‹Warum?›

‹Weil er die Rechte der Kirche gegen den König verteidigt hat.›

Was das heiße.

Er habe sich geweigert, dem König zu verraten, was die Königin gebeichtet hatte.

‹Ein großer Mann›, sagte Aline. ‹Das Beichtgeheimnis darf nie verletzt werden.›

Wir wanderten auf den Hradschin und sahen alle die Herrlichkeiten.

Aline meinte, so etwas gebe es in Berlin nicht.

Wir gingen in den Veitsdom. Aline blieb vor Staunen stumm. Vor dem Hochchor mit den farbigen Glasfenstern aber rief sie leise, noch nie habe sie solche Schönheit gesehen.

Tag für Tag sahen wir etwas Schönes. Und Tag um Tag nahmen wir voneinander Abschied.

Ich hatte Aline am Anfang unserer Woche gesagt, daß ich nach Amerika gehen wolle. Sie hatte mich groß angesehen und hatte gesagt: ‹Dann besuche ich dich in Amerika.›

Am Ende der Woche brachte ich Aline zum Hauptbahnhof. Wir hielten einander lange fest. Sie sagte zu sich: ‹Nicht weinen.›

Sie winkte aus dem Abteilfenster. Ich winkte, bis der Zug nicht mehr zu sehen war.»

«Haben Sie Aline wiedergesehen?»

«Nein.»

«Kam Antwort von Chodassewitsch? Von Kerenski?»

«Chodassewitsch antwortete Ende September. Auch Kerenski antwortete. Das war im Dezember. Ihnen, vor allem Kerenski, verdanke ich es, daß ich ein Stipendium für ein Vollstudium und ein Visum für die USA bekam. Und natürlich verdanke ich es dem Kulturattaché der Prager US-Botschaft, der alles auf den Weg gebracht hat. Seinen Namen sollte ich nicht nennen, hat er mir damals … befohlen. Er riet mir, in den Stipendienantrag zu schreiben, ich wolle Politische Wissenschaften studieren. Er meinte, bei meinem Namen würde das den Antrag befördern. Später könnte ich sagen, ich hätte mich schließlich für Biologie entschieden. Die Bewerbung um das Stipendium formulierte er. Mein Englisch hätte dazu nicht gereicht. Ich mußte nur unterschreiben.

Studiengebühren, Krankenversicherung, Lebenshaltungskosten – und Reisekosten: Die Zusage traf Ende Februar Vierunddreißig in Prag ein.

Der Kulturattaché buchte für mich eine Schiffskarte von Cherbourg nach New York.

Ich sagte: ‹Und wie komme ich nach Cherbourg?›

‹Mit der Bahn natürlich. Die Fahrkarte buche ich Ihnen auch. Ist alles im Stipendium enthalten. Dazu ein Taschengeld für die Reise.›

Die Bahnfahrt sollte nicht durch Deutschland führen, obwohl es der kürzeste Weg gewesen wäre. Immerhin war ich der Berliner Universität die gestundeten Studiengebühren und Vorlesungshonorare schuldig. Also über Österreich und Italien nach Frankreich. Aber nicht über Wien, weil es dann über München nach Mailand gegangen wäre. Sondern von Prag nach Salzburg, von Salzburg nach Zürich, von Zürich über Basel, Strasbourg, Paris nach Cherbourg.

Ich weiß nicht, ob das die günstigste Route war, aber der Kulturattaché hatte sie gebucht. Ich war sehr lange unterwegs: von Prag bis Salzburg zwölf Stunden, von Salzburg bis Zürich sechs Stunden, von Zürich bis Cherbourg dreizehn Stunden, wobei ich von Paris Est bis Paris St. Lazare mit der Metro fahren mußte. Im ganzen ungefähr einunddreißig Stunden Bahnfahrt. Ich kam erst am Tag nach meiner Abreise aus Prag in Cherbourg an.

In Paris hätte ich Station machen können, um Mama und Chodassewitsch zu besuchen. Aber ich mußte in Cherbourg das Schiff erreichen. Immerhin hatte ich in Cherbourg noch einige Stunden Zeit bis zur Einschiffung. Ich konnte mich in der Stadt umsehen.

Es war Anfang März Vierunddreißig.

Ich ging an Bord. Als das Schiff ablegte, stand ich an der Reling. Ich verließ Europa und mußte an Bunin denken. Im Dezember Dreiunddreißig hatte ich im Prager Tagblatt gelesen: Nobelpreis für Iwan Bunin. Erstmals an einen russischen Schriftsteller!

In New York fühlte ich mich vollkommen fremd, aber glücklich.»

Vierter Tag auf See

12. September 2005

Kokoschkin wachte nicht auf. Zum ersten Mal nahm er im Schlaf das Motorengeräusch und das leichte Rollen des Schiffes wahr. ‹Bei mir biste scheen› ging nicht aus seinem Kopf. Er öffnete die Augen, als er die Stimme des Kabinen-Stewards hörte: «Herr Professor, alles in Ordnung?»

«Nein. Wie spät ist es?»

«Gleich Lunchtime.»

Kokoschkin richtete sich auf. «Danke.»

Der Steward ging.

Die Vorstellung, in der Kabine eines Ocean-Liners, mitten auf dem Atlantik, im Schlaf zu sterben, konnte er nicht vertreiben. Im Leichen-Kühlraum aufbewahrt, in New York im Sarg von Bord gebracht zu werden.

Und niemand, der zu benachrichtigen wäre. Wohin mit dem Sarg?

Kokoschkin duschte und kleidete sich sorgfältig an. Zum Lunch wollte er gehen.

Er war als erster am Tisch. Nach ihm kamen Sachnowski, Olga Noborra, Frank und Lucy und Oakley.

Auf Kokoschkins Blick antwortete Oakley: «Es gab leider keinen anderen Tischplatz.»

«Ja, leider», sagte Lucy.

«Sie werden wohl oder übel miteinander auskommen müssen», sagte Olga Noborra. Zu Kokoschkin sagte sie: «Sie sehen angestrengt aus.»

Er beugte sich zu ihr und sagte leise: «Eine unerwartete Schwäche.»

«Essen Sie eine Tomatensuppe und ein Spanisches Omelett, damit Sie wieder zu Kräften kommen.»

«Ich weiß nicht.»

Er bestellte eine Tomatensuppe und ein Spanisches Omelett.

Oakley sagte zum Kellner: «Für mich zuerst ein Glas Champagner. Zur Feier des Tages.»

«Feiern Sie heute Geburtstag?» fragte Sachnowski.

«Ich nicht. Aber Europa.»

Der Kellner brachte ein Glas Champagner. Oakley nahm das Glas und sagte: «Ich trinke auf König Jan Sobieski und auf Herzog Karl von Lothringen.»

«Helfen Sie mir auf die Sprünge», sagte Olga Noborra.

«Zwölfter September Sechzehnhundertdreiundachtzig. Die Osmanen vor Wien. ‹Wien ist wie ein goldener Apfel. Wer ihn besitzt, hat sich das Tor nach dem Westen geöffnet.› Wien! Für die Osmanen das Symbol christlicher Macht. Die wollten sie zerschlagen.»

«Langsam, Herr Oakley», sagte Sachnowski. «Woher kamen die Türken.»

«Über Ungarn. Wo sie entlangzogen, blieb verbrannte Erde. Sie kamen mit hundertsiebzigtausend Soldaten, Türken und Tataren. Im Juli hatten sie Wien eingeschlossen. Zwei Monate haben sie die Stadt belagert. Es herrschte Hunger, und die Ruhr ging um. Die Munition wurde knapp. Wien wartete verzweifelt auf Hilfe. Der Anführer der Osmanen war Großwesir Kara Mustafa Pascha. Ein prahlsüchtiger und gieriger Gernegroß.»

«Wer sollte denn den Wienern helfen», fragte Sachnowski.

«Der Polenkönig Jan Sobieski und die Fürsten des Heiligen Römischen Reiches. Die hatten zusammen fünfundsiebzigtausend Soldaten und hundertfünfzig Kanonen. Die Osmanen mehr als doppelt so viel.»

«Die christlichen Heere waren also unterlegen», sagte Sachnowski.

«Nur zahlenmäßig. Nicht taktisch. Die Osmanen erwarteten den Angriff der Christen von Süden her. Der großsprecherische Kara Mustafa hatte nicht bedacht, daß die anrückenden christlichen Heere in aller Stille den Wiener Wald durchqueren könnten. Das taten sie. Sie bezogen Stellung auf dem Kahlenberg.»

«Ich kenne die Gegend», sagte Kokoschkin.

«Am zwölften September fiel das polnische Heer in den Rücken der Osmanen, und Karl von Lothringen zerschlug ihren schwachen rechten Flügel. Die Türken und Tataren ließen ihr Lager zurück und vergaßen sogar die Fahne des Propheten Mohammed. Eine schwere Sünde. Wien war gerettet, und Europa blieb das christliche Abendland.» Oakley griff noch einmal zum Glas und sagte: «Dank Jan Sobieskis und Karls von Lothringen.»

«So genau wußte ich das alles nicht», sagte Olga Noborra. «Was passierte dann?»

«Jan Sobieski schickte die Fahne des Propheten an den Papst mit der Botschaft ‹Wir kamen, wir sahen, Gott siegte›. Erst zehn Kilometer hinter Wien konnte Kara Mustafa die Reste seiner Truppen sammeln und nach Ungarn zurückführen.»

«Und?»

«Weil er gegen ein viel kleineres Heer verloren und die Heilige Fahne des Propheten zurückgelassen hatte, wurde Kara Mustafa im Dezember Sechzehnhundertdreiundachtzig erdrosselt, auf Befehl von Sultan Mehmed dem Vierten.»

«Wir kennen sehr nette Türken», sagte Lucy. «Einer hat uns sogar zum Tee eingeladen.»

Kokoschkin fürchtete, Oakley werde wieder ausfällig werden, aber Oakley blieb ruhig. Er blickte Lucy ins Gesicht.

«Der Herr Türke bat uns, die Schuhe auszuziehen. Er führte uns ins Wohnzimmer, wo wir auf der Couch Platz nahmen. Kurze Zeit später ging die Tür auf. Seine Frau brachte Teetassen und eine Teekanne. Sie goß uns und ihrem Mann Tee ein, ging rückwärts zur Tür und verließ das Zimmer.

Der Herr Türke erzählte uns, daß er fünfundzwanzig Jahre in einer Fabrik gearbeitet habe. Schicht. Jetzt sei er krank. ‹Herz bumm bumm kaputt›, sagte er.»

«Du hast etwas vergessen», sagte Frank.

«Muß das sein?»

«Ja. Als die Frau des Herrn Türken ins Zimmer kam, da bin ich aufgestanden, um sie zu grüßen. Nachdem sie das Zimmer wieder verlassen hatte, sagte ihr Mann zu mir: ‹Mußt du nicht aufstehen. Frau›.»

«Er hat uns zu einem Bade-Urlaub in sein Haus in der Türkei eingeladen. Ich habe gefragt: ‹Am Meer?› ‹Nein›, hat er gesagt, ‹Zuckerwasser›.»

«An einem See», sagte Frank. «Und warum sind wir nicht hingefahren? Weil er gesagt hat, daß in dem Haus seine junge Freundin lebt. Schließlich kennen wir seine Frau. Ich habe ihn gefragt, wie seine Frau die junge Freundin findet. Er sagte: ‹Findet nicht gut.›»

Lucy sagte: «Oder unser Änderungsschneider. Ein sympathischer Mann. Er spricht sehr gut englisch. Seine beiden Kinder sind die Klassenbesten. Ich habe ihn gefragt, ob er im Hause seiner Werkstatt wohnt. Nein, in einem anderen Viertel, wo die Wohnungen billiger sind.

‹Fühlen Sie sich dort wohl?›

‹Nein.›

‹Warum nicht?›

‹Zu viele Ausländer.›

‹Aber Sie sind selber Ausländer.›

‹Araber. Die sind schnell mit dem Messer.›»

Oakley sagte: «Meinetwegen können Sie sich Ihren Änderungstürken sonstwohin ...»

«Ich muß doch sehr bitten!»

«... aber eines steht fest: Eine Demokratie ist die Türkei noch lange nicht. Über den Völkermord an den Armeniern Neunzehnhundertfünfzehn darf nicht gesprochen werden. Religionsfreiheit – Pustekuchen. Die Türken bauen in Europa Moscheen, aber die Christen dürfen in der Türkei keine Kirchen bauen. Frauen müssen einen Schritt hinter ihren Männern gehen. Junge Türkinnen, die sich emanzipieren wollen, werden ermordet im Namen der Familienehre. Ich sage Ihnen: Die Türkei und Europa, das paßt nicht zusammen.»

«Sie haben nicht unrecht, Herr Oakley», sagte Olga Noborra, «aber deshalb müssen Sie niemanden persönlich beleidigen.»

«Beleidigen?»

«Den Änderungsschneider ...»

«Der Schneider ist mir egal. Aber die Moslems, die unsere Twin Towers zerstört haben auf Befehl von Bin Laden, diesem Enkel Hitlers. Der Anführer der Attentäter, Mohammed Atta, hat in seinem Testament verfügt, daß bei seiner Beerdigung keine ‹unreinen Wesen› anwesend sein dürfen, nämlich ‹Tiere und Frauen›, vor allem nicht die unreinsten: ‹schwangere Frauen›. Diese Kerle führen einen Religionskrieg gegen uns, sie wollen unsere Art zu leben abschaffen, unsere Kultur, unsere Zivilisation. Es gibt kein islamisches Land, in dem Demokratie herrscht. Aber diese Leute können in demokratische Länder kommen und sich vermehren. Sie besitzen die Atombombe, das ist ihr Schwanz.

Alles das wird gerechtfertigt von den Idioten der politischen Korrektheit, die auch bei uns das Zepter schwingen. Einen Kleinwüchsigen soll man einen vertikal Herausgeforderten nennen.»

Frank fragte Lucy, ob sie ein Dessert wünsche.

«Nein, danke. Laß uns gehen.»

Frank und Lucy gingen.

«Der Clash der Kulturen hat sie um das Dessert gebracht», sagte Sachnowski.

«Das kann mir nicht passieren», sagte Oakley.

«Sie haben die Dinge beim Namen genannt», sagte Kokoschkin. «Das tut nicht jeder.»

Olga Noborra sagte: «Aber es ist nötig. Appeasement hat schon einmal geschadet.»

«‹Geschadet› ist gut», sagte Oakley. «Es hat in die Katastrophe geführt.»

Nach dem Lunch fragte Kokoschkin Olga Noborra, ob sie heute zu einer lächerlichen Veranstaltung zu gehen Lust habe.

«Wann?»

«Gegen dreiundzwanzig Uhr.»

«Was ist es.»

«Eine Hutparade.»

«Vielleicht ist das Lächerliche lustig.»

Freie Plätze an den Tischen rund um die Tanzfläche im Queens Room gab es nicht mehr.

Kokoschkin sah Olga Noborra am Rand der Tanzfläche stehen und ging zu ihr.

Eine Conférencieuse in der Mitte der Tanzfläche dirigierte mit spitzer Stimme eine Herde Frauen mittleren Alters im Kreis herum. Es waren 20, 25, 30. Die Frauen trugen breitkrempige Hüte, die sie mit einem Eifer geschmückt haben mußten, der einer besseren Sache würdig gewesen wäre. Hatten sie die Hüte an Bord gebracht? Kokoschkin erinnerte sich nicht, bei der Einschiffung Frauen mit großen Hutschachteln gesehen zu haben. Die meisten Hüte trugen turmhohe Blumengestecke, manche Hüte balancierten Ladungen von Obst.

Immer wieder kommandierte die Conférencieuse die eine oder andere Frau aus der Runde an den Rand. Es war nicht zu verstehen, warum diese Frauen den Zug verlassen mußten. Ihre Hüte waren ebenso bunt und überladen wie die Hüte der anderen. Die restlichen Frauen drehten lachend und gestikulierend Runde um Runde. Die Zuschauer winkten amüsiert.

Schließlich blieben acht Frauen übrig; sie mußten sich in einer Reihe vor der Bühne aufstellen. Am Rand der Tanzfläche verstellten die aussortierten Frauen mit ihren Hüten die Sicht. Kokoschkin und Olga Noborra konnten aber noch alles sehen. Drei der acht Frauen trugen vorschriftsmäßig lange Kleider, zwei ein schwarzes, eine ein blaßblaues. Drei hatten knielange Kleider an, zwei ein schwarzes, eine ein weißes geblümtes. Eine Frau trug einen schwarzen Hosenanzug. Die achte Frau, die dickste, trug ein weißes T-Shirt zu einer langen braunen Hose, und über das T-Shirt, das sich über ihrem Bauch wölbte, hatte sie ein durchsichtiges Jäckchen mit langen Ärmeln angezogen. Das, obwohl für die Damen festliche Abendgarderobe verordnet war.

Sechs Hüte waren mit Blumen beladen, ein Hut war unbeschwert. Der Hut der Dicken hatte die Farbe weiß. Die Dicke hatte hinter das Hutband zwei Fähnchen geklemmt, das eine links, das andere rechts: die Flaggen von Großbritannien. Diese Frau wurde von der Conférencieuse zur Siegerin der Hutparade erklärt. Ohne Begründung. Viele Zuschauer schüttelten den Kopf. Wurde die Liebhaberin der britischen Flagge gekürt, weil das Schiff unter britischer Flagge fuhr?

Olga Noborra sagte zu Kokoschkin: «Nur lächerlich», und verabschiedete sich.

Kokoschkin ging in den Chart Room, hörte einem Jazz-Trio zu und trank ein Bier.

Prag, 8. August 1968. Kokoschkin landete auf dem Flughafen Ruzyně und fuhr mit dem Taxi zum Wenzelsplatz, Hotel Evropa, in dem er von Boston aus ein Zimmer gebucht hatte, ein Zimmer mit Blick auf den Platz.

Er machte sich sogleich zu einem Spaziergang auf. Wenzelsplatz. Das vielbeschriebene Grau war helleren Farben gewichen. Die Auslagen der Geschäfte vielfältiger. Die Zeitungskioske bestückt mit Blättern aus aller Welt.

Am nächsten Vormittag wollte Kokoschkin in der Hybernská das Restaurant sehen, in dem er Dreiunddreißig als Küchenjunge gearbeitet hatte. Das Restaurant gab es nicht mehr. Statt dessen ein Schuhgeschäft. Was mochte aus Franz, dem zweiten Küchenjungen, geworden sein? Auch die Pension, in der er Dreiunddreißig eine Woche lang mit Aline gewohnt hatte, war verschwunden. In dem Haus nur Wohnungen.

Kokoschkin fuhr mit einem Taxi zu einem Antiquariat in der Valentinská, das ihm ein alter Kollege in Boston empfohlen hatte.

Er fragte einen Mitarbeiter des Antiquariats, ob einzelne Exemplare des Prager Tagblatts der Jahrgänge Dreiunddreißig und Vierunddreißig zu kaufen wären, besonders von Sonntagsausgaben.

In der Nähe stand ein junger Mann vor einem Regal und blätterte in einem Buch.

Der Antiquar sagte zu Kokoschkin: «Wo denken Sie hin!»

«Aber Bücher von Autoren, die im Tagblatt geschrieben haben?»

«Zum Beispiel?»

«Max Brod, Rebellische Herzen, von Siebenundfünfzig, über das Prager Tagblatt.»

«Nein. Aber die Taschenbuchausgabe von Januar dieses Jahres, die können Sie haben.»

«Oh! Die nehme ich. Und Hans Natonek, Kinder einer Stadt, von Zweiunddreißig?»

«Nein.»

«Schade. Ich hätte die alten Ausgaben gerne wenigstens einmal gesehen.»

«Ja, schade. Kann ich Ihnen sonst helfen?»

«Botanik.»

«Da haben wir einiges.»

«Mich interessieren Bücher über Gräser. Gräser als Kulturpflanzen und Unkräuter. Vor allem deutsche Titel aus den dreißiger und vierziger Jahren.»

«Sagen Sie mir die Verfasser. Ich sehe nach.»

«Otto Wehsarg.»

«Nichts.»

«Reinhold Tüxen.»

«Nichts.»

«Ernst Klapp.»

«Ja! Das Dauergrünland, von Fünfunddreißig. Taschenbuch der Gräser, von Siebenunddreißig. Übrigens auch die dritte und vierte Auflage von Einundvierzig. Wiesen und Weiden, Achtunddreißig.»

«Ich nehme alle vier!»

«Noch etwas?»

«Ja. Fjodor Kokoschkin, The Grasses of Nebraska, Neunzehnhundertzweiundvierzig erschienen.»

«Nein.»

Der junge Mann, der nicht weit von Kokoschkin und dem Antiquar gestanden hatte, wandte sich an Kokoschkin. «Entschuldigen Sie, daß ich mich einmische. Hlaváček ist mein Name.

Wenn Sie die Bücher wenigstens einmal sehen wollen, dann kommen Sie doch in die Universitätsbibliothek. Ich kann sie Ihnen zeigen.»

«Das ist sehr freundlich. Ich komme gerne. Mein Name ist Kokoschkin.»

«Sind Sie verwandt mit dem Autor des Buches über die Gräser von Nebraska?»

«Ich bin der Autor.»

«Das wirft mich um.»

«Stehen Sie ruhig wieder auf. Ich freue mich, Sie kennenzulernen. Morgen in der Bibliothek.»

«Ja. Zehn Uhr, bitte.»

«In Ordnung.»

Hlaváček legte Kokoschkin in der Bibliothek alle Bücher vor, nach denen er im Antiquariat vergeblich gefragt hatte, dazu den Jahrgang Dreiunddreißig des Prager Tagblattes.

«Das ist phantastisch», sagte Kokoschkin, und er blätterte im Prager Tagblatt.

«Warum wollen Sie das Prager Tagblatt von Dreiunddreißig sehen?»

«Ich war Dreiunddreißig in Prag und bin Vierunddreißig von hier in die Staaten gereist.»

«Das interessiert mich sehr. Ich bin Jahrgang Neunzehnhundertvierzig. Erzählen Sie doch. Vielleicht bei uns zu Hause? Meine Frau möchte bestimmt dabeisein.»

Kokoschkin ging am Abend zu Hlaváčeks. Frau Hlaváčková fragte ihn, ob er Wein trinke oder Bier, und sie stellte eine Platte mit belegten Broten auf den Tisch.

«Bitte nur Mineralwasser.»

Hlaváček und seine Frau tranken Bier. Sie sagte: «Ich bin Arzthelferin.»

«Mich faszinieren die Ereignisse des Prager Frühlings», sagte Kokoschkin. «Als ich Vierunddreißig wegging, war die Tschechoslowakei noch frei. Vielleicht wird sie das jetzt wieder. Die Jugend hat sich die Freiheit genommen, gegen die Unfreiheit zu rebellieren ...»

«Nicht nur die Jugend», sagte Hlaváček. «Und die westdeutsche Jugend? Sie besitzt die Freiheit, gegen die Freiheit zu rebellieren.»

«Ich weiß, wovon Sie sprechen. Habe es in den Staaten erlebt.»

«Ganz anders die ostdeutsche Jugend. Sie sympathisiert mit uns. Allerdings – unsere Oberen wollen nur einen besseren Kommunismus. Wirkliche Freiheit ist etwas anderes.»

«Gar kein Kommunismus», sagte Hlaváčeks Frau.

«Aber die Veränderungen», sagte Kokoschkin. «Es ist ein Anfang.»

«Vielleicht der Anfang vom Ende», sagte Hlaváček. «Denken Sie an Ungarn. Neunzehnhundertsechsundfünfzig ...»

«... und an Ostdeutschland Neunzehnhundertdreiundfünfzig», sagte seine Frau.

«Können Sie sich nicht vorstellen, Herr Kokoschkin, daß die Russen uns überfallen, um unsere Wirklichkeit der sowjetischen Ideologie anzupassen?»

«Doch, ich kann es mir vorstellen. Auch, was darauf folgen würde: Gesinnungszwang, Uniformität der Meinungen. Gleichschritt. Ich kenne es nur zu gut. Lassen Sie uns etwas Schöneres hoffen.»

«Sie sind Neunzehnhundertvierunddreißig in die USA gekommen. Wie ist es Ihnen dort ergangen?», fragte Hlaváček.

«Ich hatte ein Stipendium der Boston University bekommen. In Boston habe ich mein Biologie-Studium fortgesetzt. Bis Neunzehnhundertsiebenunddreißig. Anschließend habe ich mich beim U. S. Department of Agriculture in Washington beworben.

Ich wollte mich an der Bestandsaufnahme der Gräser in den USA beteiligen, die dort bis Neunzehnhundertfünfunddreißig von Albert Spear Hitchcock geleitet worden war. Hitchcock war im Studium mein Säulenheiliger, zum Beispiel durch sein Buch Methods of Descriptive Systematic Botany von Neunzehnhundertfünfundzwanzig. Das Standardwerk von Hitchcock A Manual of the Grasses of the United States ist zwar schon Neunzehnhundertfünfunddreißig erschienen, aber man hat uns, einen Kollegen und mich, zu ergänzenden Recherchen nach Nebraska geschickt. Ich wohnte in Nebraska an verschiedenen Orten, in Grand Island, in Kearney, in North Platte, doch unser Hauptquartier war Lincoln, das Institute of Agriculture and Natural Resources an der University of Nebraska. Aus der Feldarbeit in Nebraska ist meine Dissertation The Grasses of Nebraska hervorgegangen, und aus der Dissertation mein Buch. Die Dissertation habe ich in Boston vorgelegt, und in Boston bin ich an der Universität geblieben, als Assistant Professor, später als Professor, bis heute.

Boston gefällt mir sehr. Der Campus am Charles River. Meine Wohngegend Beacon Hill mit den alten Gaslaternen. Die alten Läden und das Ziegelstein-Pflaster in der Charles Street, der Public Garden von Achtzehnhundertsiebenunddreißig mit dem Reiterstandbild von George Washington, die Charles River Esplanade, der Blick über den Fluß hinüber nach Cambridge, der Hafen, der South Market, der Quincy Market, die

Fischrestaurants … entschuldigen Sie, ich komme ins Schwärmen.»

«Neinnein, reden Sie weiter.»

«Der neue Prudential Tower mit einer Aussichtsetage im fünfzigsten Stockwerk. Ein unbeschreiblicher Blick über die Stadt … Aber jetzt ist es genug. Wir sind schließlich in Prag, der schönsten Stadt der Welt.»

«Wir lieben Prag über alles.»

«Schade, daß meine Frau nicht mitkommen konnte.»

«Warum nicht?»

«Sie ist krank.»

«Darf ich …»

«Ich möchte nicht darüber sprechen.»

An einem anderen Tag besuchten Kokoschkin, Hlaváček und seine Frau Branka das Kloster Strahov.

«Ich war schon ewig nicht hier», sagte Hlaváček.

«Ich noch nie», sagte Kokoschkin.

Sie gingen durch das barocke Hauptportal in den ersten Klosterhof. Zur Linken die Pfarrkirche St. Rochus. Hlaváček sagte, Kaiser Rudolf II. habe sie gestiftet, als Dank für das Ende der Pestepidemie. Auf der anderen Seite des Platzes die Klosterkirche Mariä Himmelfahrt. «Über die Klosterkirche wäre viel zu sagen, vor allem über die Ursula-Kapelle und die Kapelle der Jungfrau Maria von Passau, die wir einfach die Pappenheimer-Kapelle nennen», sagte Hlaváček, «aber ich nehme an, Sie möchten zuerst die Bibliothek sehen.»

«Ja!»

Kokoschkin nannte die beiden Säle, den Philosophischen und den Theologischen, Wunderwerke des Barock. Lange stand er vor den Regalen.

«Diese Klosterbibliothek, diese Bücher – was dagegen sind schon zwanzig Jahre Kommunismus in Prag.»

Hlaváček sagte: «Die Kommunisten betrachten sich als krönenden Höhepunkt der Geschichte.»

«Wir wissen, wann wir lachen müssen ...»

«Mir ist nicht zum Lachen zumute.»

An einem dritten Tag fuhren Kokoschkin und Hlaváček auf den Hradschin. Es war der 12. August. Sie gingen direkt in den dritten Burghof, gingen rechts an der Alten Propstei vorbei zum Reiterstandbild des Prager Georg.

Kokoschkin sagte: «Ich kann mir nicht helfen, mir wird alles zum Symbol der Gegenwart. Sie können mich auslachen, aber die alte Geschichte ist zu schön, um nicht aktuell gedeutet zu werden. Georg tötet den Drachen, rettet die Königstochter und befreit das Land von der Gewalt.»

Hlaváček lächelte.

Sie betraten den Veitsdom. Die überirdische Höhe, das Licht, das den Hochchor durchflutete, die Stille.

Hlaváček sagte: «Ich bete, daß uns die Freiheiten erhalten bleiben, die wir seit Januar besitzen.»

Tags darauf fragte Kokoschkin Hlaváček, ob er Auto fahren könne und eine drivers license besitze.

«Ja. Nur das Auto fehlt.»

«Hören Sie. Ich kaufe auf Ihren Namen ein gebrauchtes Auto, und wir unternehmen eine Autofahrt nach Südmähren.»

«Wie kommen Sie darauf?» Hlaváček betonte auffällig das letzte Wort.

«Ich wäre damals beinahe nach Südmähren gegangen. In einen Marktflecken bei Telč.»

«Wie heißt der Ort?»

«Studená.»

«Das kenne ich nicht. Aber in Telč waren wir schon, meine Frau und ich.»

«Telč und Studená möchte ich gerne sehen.»

«Warum nicht. Ich frage einen Freund, wo wir einen gebrauchten Wagen kaufen können.»

«Bitte fragen Sie nach einem Tatra T600.»

«Das ist ungewöhnlich. Dieser Wagen war Ende der vierziger Jahre eine Nobelkarosse für kommunistische Funktionäre.»

«Jetzt soll er für uns gut sein, falls es ihn noch gibt.»

«Man sieht ihn manchmal. Ganz in Schwarz. Wahrscheinlich teuer.»

«Nicht für Dollar.»

Ein gebrauchter Tatra T600 war nicht aufzutreiben. Aber Hlaváčeks Freund František lieh seinen Škoda Octavia, Baujahr 1960. Kokoschkin bezahlte eine Leihgebühr für eine Woche.

Hlaváček rief einen Gasthof in Studená an und buchte für eine Woche zwei Zimmer.

Am Morgen des 16. August holten Hlaváček und seine

Frau Branka Kokoschkin vom Hotel ab. Kokoschkin hatte das Zimmer bezahlt und ließ seinen Koffer zum Auto bringen.

Branka Hlaváčková saß im Fond. Kokoschkin mußte neben Hlaváček sitzen.

Bei Jihlava verließen sie die Autobahn nach Brno, und gegen Mittag kamen sie in Telč an. Hlaváček parkte auf dem Marktplatz.

Kokoschkin verschlug es die Sprache. Der dreieckige Platz ein perfektes Renaissance-Ensemble. Jedes Haus harmonisch ins Ganze gefügt und zugleich unverwechselbar eigen. Die Arkaden – von Gewölben überspannte Flurhallen. Die Dachaufsätze. Der Fassadenschmuck, Sgraffiti, Wandmalereien, Pilaster.

Am Ende des Platzes mit seinem Katzenkopfpflaster – das Stadtschloß.

Hlaváček sagte: «‹Ich möchte wetten, daß es bei uns keinen schöneren Marktplatz als den in Telč gibt.› Das hat Karel Čapek gesagt. Und: ‹Männer von Telč, laßt ihm nichts geschehen!› Ich schlage vor, daß wir uns morgen das Stadtschloß ansehen. Heute sollten wir nach Studená weiterfahren.»

«Einverstanden», sagte Kokoschkin.

Sie richteten sich im Gasthof in Studená ein und machten sich bald auf den Weg zu einem Badeteich. Kokoschkin setzte sich in den Schatten und las Zeitung. Er hatte aus Prag die Londoner Times und den Daily Mirror mitgebracht. Hlaváček und seine Frau Branka gingen schwimmen und legten sich in die Sonne.

Später sagte Kokoschkin: «Heute ist Ceauşescu zum Staatsbesuch in Prag. Er will mit der Regierung einen Bündnisvertrag abschließen.»

«Ich habe es gelesen», sagte Hlaváček. «Ich bezweifle, daß er im Ernstfall eine Hilfe für uns wäre. Er redet viel. Alles, was er sagt und tut, dient seiner persönlichen Macht.»

«Sie mögen recht haben.»

Am Abend, beim Essen im Gasthof, schlug Hlaváček vor, am nächsten Vormittag das Stadtschloß in Telč zu besuchen.

Kokoschkin bat Hlaváček, den Gastwirt für den Nachmittag nach Angelzeug zu fragen. Er wolle einen Hecht angeln, und dazu brauche er eine Angelrute zum Spinnfischen, einige Spinner und einen Kescher.

Hlaváček hatte Mühe, den plötzlichen Redeschwall des Gastwirtes zu übersetzen. Immerhin konnte er Kokoschkin sagen, der Gastwirt meine, es sei am besten, dem Štika obecná ... äh ... Hecht in der Abenddämmerung nachzustellen. Er rate, zu dem großen Teich Richtung Telč zu fahren. Auf einen Bootssteg zu gehen. Einen Klappstuhl gebe er dem Herrn Kokoschkin mit, oder zwei Klappstühle, falls der Herr Hlaváček ...? Übrigens, er werde Spinner mit einem zusätzlichen Bleikopf zurechtlegen, damit der Spinner sicher bis auf den Grund sinke. Die Angelrute sei zwei Meter lang; er wisse nicht, wie die ins Auto passe.

«Das Schloß war ursprünglich eine gotische Burg», sagte Hlaváček. «Den teuren Umbau im Stil der Renaissance verdanken wir Zacharias von Neuhaus.»

«Sag auch, woher er das Geld dafür nahm», sagte Branka und lächelte.

«Es war die Mitgift seiner Frau Katharina von Waldstein. Der Umbau dauerte fast fünfzehn Jahre, bis fünfzehnhundertachtundsechzig.»

«Dann existiert es seit vierhundert Jahren», sagte Kokoschkin.

«Nach Neuhaus herrschte der königliche Statthalter Wilhelm Slawata von Chlum über das Schloß. Ein treuer Anhänger Habsburgs. Zusammen mit Graf von Martinitz und dem Schreiber Philip Fabricius wurde er von aufständischen protestantischen Adeligen Sechzehnhundertachtzehn aus einem Fenster des Hradschin geworfen, das fünfzehn Meter hoch lag. Alle drei überlebten den Sturz, weil sie auf einem Misthaufen landeten. Sie flüchteten in das nahegelegene Haus von Polyxena von Lobkovicz. Der Fenstersturz löste den Dreißigjährigen Krieg aus. Der Schreiber Fabricius wurde später geadelt und hieß fortan von Hohenfall. Siebzehnhundertzwölf kamen die Liechtenstein-Kastelkorn, und vom Ende des achtzehnten Jahrhunderts bis Neunzehnhundertfünfundvierzig die Podstatský-Liechtenstein.»

«Daß du dir das alles merken kannst», sagte Hlaváčeks Frau.

«Du weißt, daß ich mich lange damit beschäftigt habe.»

«Du hast es mir auch schon öfter erzählt, aber ich vergesse es immer wieder. Nur Katharina von Waldstein kann ich mir merken.»

Im Erdgeschoß des Schlosses führte Hlaváček durch den Bankettsaal, die Schatzkammer, die St. Georgskapelle und die Waffenkammer.

In der oberen Etage ging es durch den Theatersaal, den Afrikanischen Saal mit seinen Jagdtrophäen, den Marmorsaal. Sie sahen das Porträt der Perchta von Rožmberk, der unglücklichen Gemahlin des Johannes von Liechtenstein, der sagenumwobenen ‹Weißen Frau›.

«Sie wurde von ihrem Mann unentwegt erniedrigt. Nach seinem Tod war sie die Wohltäterin der Notleidenden», sagte Hlaváček. «Ihre Geschichte regte Franz Grillparzer an.»

Zuletzt der Goldene Saal mit der Kassettendecke, einem Wunderwerk von Renaissance-Schnitzarbeit, und die Allerheiligen-Kapelle.

«Renaissance in Mähren», sagte Kokoschkin. «Wer brachte sie hierher?»

«Baldassare Maggi d'Arogno, der italienische Architekt und Baumeister. In Mähren und in Böhmen hat er viel gebaut. Zum Beispiel in Český Krumlov das Jesuitenkolleg. Ein wahres Monument.»

Nach dem Rundgang saßen Kokoschkin und die Hlaváčeks im Restaurant neben dem Schloß. «Böhmische Küche!» schwärmte Kokoschkin.

Der Gastwirt in Studená hatte das Angelzeug zurechtgelegt: Rute, Spinner, einen Kescher, einen Schlegel und zwei Klappstühle. Aber Kokoschkin wollte sich nur ausruhen. «Den Hecht holen wir morgen.»

Hlaváček und seine Frau gingen zum Badeteich.

Am nächsten Morgen, beim Frühstück, sagte Kokoschkin: «Ich habe noch einmal das Manifest der zweitausend Worte von Ludvík Vaculík gelesen.»

Er zog die Blätter aus der Tasche. «Ich muß Sie etwas fragen. Fast am Ende steht: ‹Außerordentliche Beunruhigung geht in der letzten Zeit von der Möglichkeit aus, daß sich ausländische Mächte in unsere Entwicklung einmischen könnten.› Das hat Vaculík im Juni geschrieben. Wir haben jetzt Mitte August, und die ‹Möglichkeit› ist wahrscheinlicher geworden. Was können die Tschechen und Slowaken tun.»

«Lesen Sie weiter», sagte Hlaváček.

«‹Angesichts aller Übermächte bleibt uns lediglich übrig, ruhig auf unserem Standpunkt zu beharren und niemanden herauszufordern.›»

«Wir haben auf unserem Standpunkt beharrt. Aber die ‹Übermächte› fühlen sich längst herausgefordert, ideologisch und militärisch.»

«Militärisch?»

«Vaculík hat im nächsten Satz gesagt, daß wir hinter unserer Regierung stehen, ‹wenn nötig, in Waffen›. Diese Wendung habe ich mir gemerkt.»

«Das wäre aussichtslos.»

«Und es würde viele Menschenleben kosten.»

«Militärischen Widerstand gegen die ‹Übermächte› wird es nicht geben.»

«Es bliebe nur zähneknirschende Ergebung.»

«Also Demütigung eines ganzen Volkes.»

«Zweier Völker: der Tschechen und der Slowaken.»

Kokoschkin sagte: «Lassen Sie uns den schönen Sommertag genießen.»

«Ja!» sagte Branka Hlaváčková. «Wer weiß, wann wir wieder Ferien machen können.»

«Und heute nachmittag fahren wir zum Angeln?» sagte Kokoschkin.

«Ich bleibe hier», sagte Branka. «Ich will nicht zusehen, wie ein so schöner Fisch gefangen und getötet wird.»

«Ich verstehe Sie», sagte Kokoschkin. «Den Hecht zu fangen, das macht mir noch Spaß. Aber ihn töten – das mag ich auch nicht.»

«Aber Sie tun es!»

«Mich verleitet sein guter Geschmack. Essen Sie nicht auch gerne Hecht?»

«Schon.»

«Bitte, Herr Hlaváček, fragen Sie doch, ob die Wirtin den Hecht heute abend für uns zubereitet.»

«Man soll das Fell des Bären nicht verteilen, bevor man ihn erlegt hat.»

«Wir werden ihn erlegen!»

Der Hecht, den Kokoschkin fing und den Hlaváček mit dem Kescher aus dem Wasser hob, wehrte sich so heftig, daß Hlaváček ihn vom Bootssteg an Land tragen mußte, damit er nicht womöglich zurück ins Wasser fiel. Kokoschkin packte den Fisch und schlug ihm mit dem Schlegel mehrmals auf den Kopf.

Der Hecht wog ungefähr zwei Kilo. Die Wirtin briet ihn auf böhmische Art: gespickt. Sie bereitete Soße aus saurer Sahne und Schlagsahne. Kurz bevor er gar war, bestreute sie ihn mit geraspeltem Käse. Zu dem Hecht gab es Petersilienkartoffeln.

Branka ließ es sich auch schmecken. «Ich darf aber nicht daran denken, daß Sie den armen Kerl totgeschlagen haben», sagte sie zu Kokoschkin.

«Das war wirklich unangenehm.»

Das Frühstück am nächsten Morgen rührte Kokoschkin nicht an. Irritiert sah Branka Hlaváčková zu, wie Kokoschkin zwei, drei, vier Löffel Zucker in seinen Kaffee gab und nicht davon trank.

Er nahm eine Scheibe Brot, brach ein Stück ab und ließ es auf den Teller fallen. Als er Hlaváčeks fragenden Blick und die Irritation seiner Frau bemerkte, sagte er: «Es tut mir leid. Wissen Sie, ich bin gelernter Emigrant. Ich habe es im Urin: Die Russen überfallen die Tschechoslowakei.»

«Das ist furchtbar», sagte Branka. «Was sollen wir dann tun.»

«Nichts», sagte Hlaváček.

«Liebe Hlaváčeks», sagte Kokoschkin, «ich muß hier weg. Bitte, fahren Sie mich zu einem Grenzübergang nach Österreich. Ich habe meinen Paß bei mir, meinen Koffer …»

Hlaváček holte aus dem Auto seinen Straßenatlas. «Der nächste Übergang nach Österreich liegt einige Kilometer südlich von Znojmo, in Hatě, früher Haid. Auf österreichischer Seite heißt der nächste Ort Kleinhaugsdorf. An der Straße nach Wien.»

«Wie weit ist es von Kleinhaugsdorf bis Wien?»

«Ungefähr sechzig Kilometer.»

«Und von hier bis Znojmo?»

«Auch ungefähr sechzig.»

«Wollen Sie mich bis Znojmo bringen?»

«Natürlich.»

«Sie setzen mich einfach vor dem Grenzübergang ab. Ich komme dann schon weiter.»

Kokoschkin verabschiedete sich von den Wirtsleuten, denen er die Zimmer im Voraus bezahlt hatte.

Hlaváček legte Kokoschkins Koffer in den Kofferraum.

Unterwegs fragte Kokoschkin: «Was werden Sie tun?»

«Wir fahren am späten Nachmittag zurück nach Prag.»

«Ohne Sie wollen wir jetzt nicht in Studená bleiben.»

«Hören Sie, meine Freunde», sagte Kokoschkin. «Ich weiß nicht, was in Prag geschehen wird. Aber ich werde auf alle Fälle über die amerikanische Botschaft an Sie schreiben. Ich bitte den Kulturattaché, meine Briefe in neutralen Briefumschlägen mit fiktivem Absender an Sie auf die Post zu geben. Wenn Sie wollen, können Sie mir an diesen fiktiven Absender antworten. Der Kulturattaché kann mir Ihre Post nach Boston weiterleiten.»

«Wann werden wir uns je wiedersehen», sagte Branka.

«Gott weiß», sagte Hlaváček.

Hlaváček fuhr in Znojm auf den Hauptplatz in der Altstadt.

«Sie sollen noch etwas sehen vor Ihrer Abreise», sagte Hlaváček.

Sie stiegen aus und blieben vor der Pestsäule stehen.

Hlaváček zeigte auf den Rathausturm und sagte: «Nach dem Brand des alten Rathauses Vierzehnhundertvierundvierzig stürzte der Rathausturm ein. In den drei, vier Jahren darauf wurde der Turm als selbständiges Bauwerk im spätgotischen Stil wiedererrichtet. Baumeister war der Steinmetz Niklas von Edelspitz.»

«Mit den vier kleinen Türmchen an den Ecken erinnert mich der Turm an die Teynkirche.»

Als sie zum Auto zurückkamen, parkte neben ihnen ein Wagen mit österreichischem Kennzeichen.

Kokoschkin grüßte das ältere Ehepaar, das ausstieg, und sagte: «Verzeihen Sie die Frage: Fahren Sie heute noch nach Österreich?»

«Ja. Wir wollen aber noch einmal das alte Znaim sehen.»

Kokoschkin sagte: «Mein Name ist Kokoschkin. Ich bin Amerikaner. Wären Sie so liebenswürdig, mich nach Kleinhaugsdorf mitzunehmen?»

«Kleinhaugsdorf? Aber was wollen Sie in Kleinhaugsdorf – wenn ich fragen darf.»

«Ich will versuchen, von Kleinhaugsdorf nach Wien zu kommen.»

«Wir fahren nach Wien! Fahren Sie mit uns!»

«Oh, das ist wunderbar. Ich fahre gerne mit Ihnen. Vielen Dank!»

Der Mann sagte: «Kirchgasser mein Name. Sie können schon einmal Ihr Gepäck bei uns einladen.»

Hlaváček lud Kokoschkins Koffer in den Wagen der Österreicher.

«In zwanzig Minuten sind wir wieder hier», sagte der Mann.

Kokoschkin verabschiedete sich von den Hlaváčeks. Er sagte: «Bitte fahren Sie einfach los. Ich danke Ihnen sehr.»

«Wir danken Ihnen», sagten die Hlaváčeks fast gleichzeitig.

Das österreichische Ehepaar brachte Kokoschkin in Wien bis zum Graben, Ecke Dorotheergasse.

Kokoschkin nahm ein Zimmer im Graben Hotel in der Dorotheergasse. Er war müde, wollte aber nicht schlafen.

Das österreichische Ehepaar hatte während der Fahrt

nicht aufhören wollen, vom Graben Hotel und vom Café Hawelka zu erzählen.

«Wissen Sie, während des Ersten Weltkrieges war das Hotel *der* Treffpunkt von Peter Altenberg, Max Brod und Franz Kafka.»

Kokoschkin wußte es nicht.

«Und das Café Hawelka. Die Innendekoration stammt von Adolf Loos und ist bis heute erhalten. Es ist das bekannteste Literaten- und Künstlercafé von Wien. Frau Josefine Hawelka bäckt noch heute eigenhändig die Spezialität des Cafés – Buchteln. Und Herr Leopold Hawelka begrüßt noch jeden Tag die Gäste. Gehen Sie einmal hin!»

Es war später Nachmittag, Zeit für einen Kaffee. Kokoschkin ging ins Café Hawelka, schräg gegenüber vom Hotel. Er bestellte eine Melange und Buchteln.

Den Abend verbrachte Kokoschkin im Hotel.

Am nächsten Morgen hörte er in den Radio-Nachrichten: Russische Truppen haben in der Nacht die Tschechoslowakei überfallen, gemeinschaftlich mit polnischen, ungarischen und bulgarischen Truppen. Russische Panzer auf dem Wenzelsplatz. Schüsse. Tote. Tausende Flüchtlinge unterwegs nach Österreich. Russische Flugzeuge verletzen österreichischen Luftraum.

Kokoschkin fragte sich: Hat der Russe die ostdeutschen Kommunisten davon abgehalten, in der Tschechoslowakei in die Fußstapfen Hitlers zu treten? Werden die Russen die österreichische Grenze respektieren?

Was ist mit Jakub und Branka Hlaváček?

Kokoschkin wählte Hlaváčeks Telefonnummer. Die Verbindung unterbrochen.

Kokoschkin erkundigte sich nach einem Flug von Wien in die Vereinigten Staaten.

13. September 2005

Nach dem Essen traten sie aus dem hell erleuchteten … Speisesaal auf das Deck … und blieben am Bordgeländer stehen. Sie schloß die Augen, legte eine Hand mit der Innenfläche nach außen an die Wange, ließ ein … anmutiges Lachen hören – alles an dieser … Frau war anmutig – und sagte: «Mir scheint, ich bin betrunken … Dreht sich mir eigentlich der Kopf oder ändern wir irgendwie die Richtung?»

Aus der Dunkelheit blies einem ein starker, aber milder Wind ins Gesicht … Der Dampfer … beschrieb einen weiten Bogen und lief auf eine … Anlegestelle zu.

… ergriff ihre Hand und führte sie an seine Lippen. Die kleine feste Hand roch nach Sonnenbräune …

«Gehen wir hinunter.»

«Und wohin?» fragte sie erstaunt.

«Zur Anlegestelle.»

«Wozu?»

Er schwieg. Wieder legte sie ihren Handrücken an die … Wange.

«Wahnsinn.»

«Gehen wir», wiederholte er …, «bitte.»

«Ach, tun Sie, was Sie nicht lassen können», sagte sie und wandte sich ab.

Mit der Fahrt, die er noch hatte, prallte der Dampfer sanft gegen die trüb beleuchtete Anlegestelle, und beinahe wären sie gegeneinander gefallen … stürzte fort, um die Sachen zu holen.

Kurze Zeit später … setzten sie sich schweigend in eine … Mietdroschke. Die Fahrt den leicht ansteigenden Berg hinauf … die Wärme und die Gerüche einer Kreisstadt in einer Sommernacht … Der Kutscher hielt an einem beleuchteten Eingang, hinter dessen offenstehenden Türen eine alte Holztreppe steil hinaufführte; ein bejahrter unrasierter Lakai in einem rosa Russenhemd und einem Überrock nahm ihnen unwirsch das Gepäck ab und ging … voran. Sie traten in ein großes … Zimmer mit herabgelassenen weißen Vorhängen … und zwei … Kerzen auf dem Spiegeltisch – und kaum waren sie darin und kaum hatte der Lakai die Tür hinter sich zugezogen, da stürzte er sich … mit einem solchen Ungestüm auf sie, und beiden stockte der Atem in einem so … besinnungslosen Kuß, daß sie sich noch … Jahre danach an diesen Augenblick erinnerte: Weder er noch sie hatten in ihrem Leben jemals etwas Ähnliches erlebt.

Um zehn Uhr am Morgen, einem sonnigen … glückseligen Morgen mit dem Läuten der Kirchen, dem Treiben auf dem Marktplatz vor dem Hotel … machte sie sich, diese … namenlose Frau … zur Abreise bereit. Sie hatten wenig geschlafen; als sie aber …, nachdem sie sich in fünf Minuten gewaschen und angekleidet hatte, hinter dem Schirm … hervortrat, war sie so frisch wie eine Siebzehnjährige … Sie war so einfach und fröhlich wie zuvor …

«Nein, nein, mein Lieber», sagte sie … auf seine Bitte,

doch die Reise gemeinsam fortzusetzen ... «Wenn wir zusammen reisen, wird alles verdorben ... Niemals ist mir etwas widerfahren, das dem, was zwischen uns vorgefallen ist, auch nur im entferntesten ähnlich gewesen wäre, und es wird sich auch nie mehr wiederholen. Ich muß irgendwie nicht bei Verstand gewesen sein ...»

... In leichter und glücklicher Stimmung führte er sie zur Anlegestelle – wie zum Abflug eines rosa Flugzeuges –, küßte sie ... und konnte gerade noch auf den Landungssteg springen, der bereits eingezogen wurde.

... leicht und sorglos kehrte er ins Hotel zurück ...

Kokoschkin erwachte aus seinem Bunin-Traum. Für ein Frühstück war es fast zu spät.

Im Kings Court holte Kokoschkin sich einen Kaffee. Er traf auf Olga Noborra, die frisches Obst aß. «Mein zweites Frühstück», sagte sie, «nach meiner Canyon Ranch Fitness-Stunde.»

Kokoschkin sagte: «Sie nutzen jeden Tag für den Sport. Morgen kommen wir in New York an.»

«Ihre Reise an die Orte der Vergangenheit geht zu Ende.»

«Sie war nicht umsonst. Ich bewege mich leichter von diesen Orten fort, ohne sie zu vergessen.»

«Sie kommen heute zum Lunch?»

«Nein. Zum Dinner. Abschieds-Dinner. Ich sollte Sie daran erinnern, daß Sie mir Ihre Chicagoer Adresse geben.»

«Richtig. Ich gebe Ihnen beim Dinner die Karte vom

Büro meines Mannes. Er hat mir am Telefon gesagt, daß er am Austausch mit Ihnen interessiert ist. Begrünte Dächer. Halme und Gräser.» Sie lachte.

Einen Tag vor der Ankunft in New York wollte Kokoschkin sehen, wie der Master die See vor sich sieht. Aus einem Raum hinter der Kommandobrücke konnte er es durch eine breite Glasscheibe sehen. Fotografieren verboten! Kokoschkin sah Geräte, Monitore, Hebel, aber keinen Master. Das Schiff schien von allein den Kurs zu halten. Natürlich! Autopilot! Zuletzt entdeckte Kokoschkin einen jungen Offizier, der beobachtete, wie die Geräte funktionieren. Und wenn plötzlich ein Eisberg auftauchte? Unsinn. Auf dieser Route schwimmen keine Eisberge. Auch Cary Grant, der 82 Jahre alt wurde, hatte sich nicht beunruhigen lassen.

Im Liegestuhl auf dem Promenadendeck ließ Kokoschkin die Lunchtime vorübergehen. Im Halbschlaf hörte er, daß im benachbarten Liegestuhl jemand sagte, dort drüben fahre ein anderes Schiff. Kokoschkin öffnete die Augen. Zum ersten Mal während der Reise über den Ozean sah er ein anderes Schiff. Es war wohl ein Containerschiff. Die Lufttemperatur betrug ca. 16° Celsius, und trotz der Decke, die er sich über die Beine und den Bauch gelegt hatte, fing Kokoschkin an zu frösteln. Er ging in seine Kabine und legte sich ins Bett, zu einem Nachmittagsschlaf.

Kokoschkin erwachte erst um 18 Uhr. Er bedauerte es nicht, denn die kommende Nacht sollte kurz sein, hatte der Steward gesagt. Gegen 23 Uhr werde man dem Schwesterschiff begegnen, das sich auf der Fahrt von New York nach Southampton befinde. Und gegen 5:30 Uhr nächsten Morgens passiere man die Statue. Ein Anblick, den es nicht zu verpassen gelte.

Die Garderobe für den Abend machte keine Mühe. Für den Herrn sei ein Jackett nicht erforderlich; ein Hemd mit Kragen und eine Hose genügten völlig. Für die Damen: Bluse mit Rock oder Hose.

Zum Dinner kamen Frank und Lucy nicht.

Sachnowski meinte, ihm sei es recht.

Olga Noborra sagte: «So werde ich die beiden ohne Abschied nie wiedersehen.»

Oakley sagte: «Immerhin gibt es morgen noch ein Frühstück.»

«Ich komme nicht zum Frühstück», sagte Kokoschkin. «Aber das letzte Dinner heute abend, das lasse ich mir schmecken.»

Oakley und Sachnowski sagten fast gleichzeitig: «Ich auch.»

«Ich bin froh, endlich nach Hause zu kommen», sagte Oakley. «Mir stehen einige Tage Urlaub zu. Ich will mit meiner Frau zum Fischen fahren.»

«Beneidenswert», sagte Kokoschkin, «aber ich möchte zu Hause bleiben, lesen, Musik hören.»

Sachnowski sagte: «Ich freue mich auf das Orchester.»

Olga Noborra blieb bei ihrer Art von Diät, wie sie lachend sagte, und bestellte als Appetizer Lollo Rosso und Fennel Salad, als Entrée Lamb Chops mit Pomegranate Molasses, Grilled Polenta und Roasted Fennel und als Dessert Frangipane Apple Tart. «Meine Canyon Ranch Spa Selections.»

Kokoschkin bestellte Beef Consommé mit Herbed Pancake Strips, einen Salad von Endive, Baby Spinach mit Yellow Tomato, dazu Honey Ginger Dressing, als Entrée Broiled Lobster Tail, Drawn Butter und Garden Risotto, und als Dessert eine Cheese Selection Stilton, Saint Paulin, Gruyère und Pepper Boursin.

Olga Noborra gab Kokoschkin die Karte vom Architekturbüro ihres Mannes. «Ich freue mich, Sie in Chicago wiederzusehen.»

Kokoschkin gab ihr seine Bostoner Karte.

Oakley sagte zu Kokoschkin: «Wollen wir nach dem Dinner noch ein Bier im Chart Room trinken?»

«Ja, gerne. Wenn Sie das Jazz-Trio nicht stört?»

«Im Gegenteil.»

Olga Noborra verabschiedete sich als erste. «Ich muß noch meinen Koffer packen und vor die Kabinentür stellen. Herr Oakley, Herr Sachnowski, leben Sie wohl. Es war angenehm, mit Ihnen zu speisen.» Zu Kokoschkin gewandt: «Warten Sie nicht zu lange mit einem Besuch bei uns.»

«Ich freue mich darauf!»

Sachnowski sagte: «Gut, daß Frau Noborra ans Kofferpacken erinnert hat. Ich verabschiede mich auch. Lassen Sie es sich gutgehen.»

Oakley und Kokoschkin machten sich auf den Weg zum Chart Room.

Kokoschkin sagte: «Erlauben Sie mir eine sehr private Frage.»

«Nur zu.»

«Sie haben mir in Boston einmal erzählt, daß Ihre erste Frau in einer Psychiatrischen Klinik lebt …»

«Lebte! Sie ist dort gestorben.»

«Das tut mir leid.»

«Es muß Ihnen nicht leid tun. Sie hat mir mein halbes Leben verdorben.»

«Wie alt waren Sie, als Sie heirateten.»

«Ich war neunundzwanzig, sie siebenundzwanzig. Wir hatten zuerst keine eigene Wohnung. Ich wohnte mit ihr bei ihrem Vater. Dieser Mann hat von mir Geld verlangt für Kost und Logis. Dabei wohnten wir in ihrem Zimmer und haben meistens in Restaurants gegessen. Ihr Vater war weniger wert als ein halber Haufen Hundescheiße. Später habe ich eine kleine Wohnung gemietet. Meine Frau hat sich bald von mir getrennt mit der Begründung ‹Du hast einen zu kleinen Schwanz›. Vor mir war sie mit einem Piloten der Air Force liiert, der einen Schwanz hatte so lang wie ein halber Tisch. So hat sie gesagt. Sie ist zu ihrem Vater zurückgegangen. Ich habe bemerkt, daß sie krank war. Paranoid-schizophren haben die Ärzte später gesagt. Wir waren noch nicht geschieden, da hat sie auf meine Rechnung Hemden, Anzüge, Krawatten und Schuhe gekauft. Für ihren Liebhaber, hat sie gesagt. Ich wurde zu einem Herrenausstatter gerufen, der mir sagte: ‹Ihre Frau hat für Sie eingekauft.›

‹Nicht für mich.›

‹Das tut uns leid, aber der Einkauf geht auf Ihren Namen.› Ich mußte zahlen. Nicht nur ein Mal. Sie hat gesagt, ihr Liebhaber sei der Chef der CIA. Sie hatte keinen Liebhaber. Schließlich kam sie in eine Psychiatrische Klinik. Dort hat sie gelebt bis zu ihrem Tod.»

Bevor Kokoschkin zu Deck 7 ging, um backbords das Schwesterschiff vorüberziehen zu sehen, wie es vom Master angekündigt war, packte er seinen Koffer, befestigte am Griff den silbernen Kofferanhänger, der sich in seinen Reise-Unterlagen befunden hatte, trennte den Coupon vom Anhänger und stellte den Koffer vor die Kabinentür. Schiffspersonal sollte den Koffer ab 24:00 Uhr abholen und am nächsten Morgen an Land bringen. Auf dem Weg zu Deck 7 sah Kokoschkin Koffer über Koffer vor den Kabinentüren.

An der Reling drängten sich Passagiere. Gegen 23:00 Uhr ein Ah! und Oh! Kokoschkin sah am Horizont einen schmalen flackernden Lichtschein, der sich ostwärts bewegte. Das sollte das Schwesterschiff sein.

Drei Tage vor seiner Rückreise in die Staaten, am 5. September 2005, beim Frühstück im Hotel Bogota, sagte Kokoschkin zu Hlaváček: «Es war richtig, im Anschluß an Petersburg nach Berlin zu gehen. Das Hotel ist angenehm. Um die Ecke der Kurfürstendamm. Die Stadt ist sommerlich. Ich fühle mich wohl. Das Schönste wäre: Sie kommen am achten September mit mir nach New York; eine Schiffskarte wird es noch geben. Ich lade Sie ein. Sie besuchen mich in Boston. Überlegen Sie nicht lange. Beschließen Sie es einfach!»

«Ich weiß nicht», sagte Hlaváček. «Apropos Berlin. Sie haben mir nicht erzählt, was aus Aline und ihren Eltern geworden ist.»

«Neunzehnhundertfünfundvierzig habe ich erfahren, daß Aline und ihre Eltern in der Nacht vom zweiundzwanzigsten zum dreiundzwanzigsten November Neunzehnhundertdreiundvierzig bei einem Fliegerangriff ums Leben gekommen sind.»

«Einem amerikanischen?»

«Einem britischen. Es war einer der schwersten Angriffe auf Berlin mit über siebenhundert Bombern. Zweitausend Tote hat es gegeben. Aline war fünfunddreißig Jahre alt.»

«Und ihre Eltern?»

«Ihre Mutter achtundfünfzig, ihr Vater dreiundsechzig. Sie waren alle drei keine Hitlerfreunde, und doch mußten sie für Hitler büßen. Ich hätte gerne Blumen auf ihre Gräber gelegt, aber es gibt keine Gräber.»

«Sie haben einmal gesagt, Sie seien oft in Paris gewesen ...»

«Erst nach dem Krieg. Mama ...»

«Chodassewitsch, Bunin, Nina Berberova ...»

«Chodassewitsch! Nina hatte sich im Frühjahr Neunzehnhundertzweiunddreißig von ihm getrennt, aber sie blieben Freunde. Neunzehnhundertdreiunddreißig heiratete er Olga Margolina. Sie war jüdisch. Die Nazis haben sie im Juli Neunzehnhundertzweiundvierzig in Paris verhaftet, und Neunzehnhundertzweiundvierzig ist sie in einem Konzentrationslager ums Leben gekommen. Im Januar Neunzehnhundertneununddreißig war Chodassewitsch krank geworden. Am vierzehnten Juni Neunzehnhundertneununddreißig ist er in einem Krankenhaus in Paris gestorben. Wahrscheinlich hatte er Bauchspeicheldrüsenkrebs. Wladislaw Felizianowitsch Chodassewitsch, der gute Freund meiner Berliner Jugendzeit. Dreiundfünfzig Jahre alt.

Nina Berberova lebte während der deutschen Besetzung auf dem Lande, nahe Paris, in Longchêne. Dorthin war sie im Frühjahr Neunzehnhundertneununddreißig, fünf Monate vor Kriegsausbruch, mit ihrem zweiten Mann gezogen. Das Haus in Longchêne hatten die beiden im Mai Achtunddreißig gekauft, von dem Geld, das die Versicherung ihrem Mann gezahlt hatte nach seinem Beinbruch im Herbst Siebenunddreißig. Mama hat Nina oft in Longchêne besucht. Neunzehnhundertfünfzig ist Nina, lange nach der Trennung von ihrem zweiten Mann, in die Staaten gegangen – gefahren, mit dem Schiff von Le Havre. Sie blieb zuerst in New York und lernte dort Alexandra Tolstoja, die jüngste Tochter von Leo Tolstoi, kennen. Alexandra leitete eine Organisation, die sich um Displaced Persons kümmerte. In New York habe ich Nina besucht. Sie erinnerte sich gut an die Berliner Zeit, an den kleinen Fjodor, und wir sprachen viel von Mama, die sich seit Berlin an Nina gehängt hatte. Sieben Jahre lang schlug Nina sich mit Gelegenheitsarbeiten durch. Aber seit Achtundfünfzig lehrte sie an der Yale University in New Haven russische Literatur des zwanzigsten Jahrhunderts. Später lehrte sie in Princeton. Neunzehnhundertdreiundneunzig, mit zweiundneunzig Jahren, ist sie in Philadelphia gestorben.

Mama wollte Nina Neunzehnhundertfünfzig nicht mehr folgen. Mama war damals fünfundsechzig Jahre alt und hatte sich in Paris eingerichtet. Sie sprach Französisch, aber nicht Englisch. Ihr Hutsalon ernährte sie. Sie hielt noch immer Kontakt zu Bunin und dessen Frau Vera. Neunzehnhundertsiebzig ist Mama in Paris gestorben. Sie wurde fünfundachtzig Jahre alt. Ich flog nach Paris und habe sie beerdigt.»

«Kerenski, der Ihnen, zusammen mit Chodassewitsch, zu dem USA-Stipendium verholfen hat, ist Neunzehnhundertvierzig, nach dem deutschen Einmarsch in Paris, in die Vereinigten Staaten geflohen. Haben Sie ihn jemals getroffen?»

«Nein. Zu ihm hatte ich keinen Zugang. Natürlich hätte er den Namen Kokoschkin gekannt. Aber es wäre doch eitel gewesen, ihn zu erinnern.»

«Entschuldigen Sie. Immerhin hätten Sie sich bei ihm bedanken können.»

«Das habe ich in einem Brief getan, den ich ihm durch die Vermittlung der amerikanischen Botschaft in Prag Neunzehnhundertvierunddreißig nach Paris geschrieben habe.»

«Haben Sie nach dem Krieg Bunin getroffen?»

«Nein. Als Kind war ich ihm in Odessa begegnet. In Paris habe ich ihn nicht gesehen. Er war entweder in Grasse oder er war krank in seiner Pariser Wohnung in der Rue Jacques Offenbach und wollte niemanden sehen. Seine Frau, Vera Muromzewa, wachte über ihn. Im November Dreiundfünfzig ist er in Paris gestorben. Später bin ich einmal zu seinem Grab auf dem Friedhof von Sainte-Geneviève-des-Bois gegangen und habe Blumen auf sein Grab gelegt.»

Ankunft in New York

14. September 2005

Schon kurz vor 5:00 Uhr stand Kokoschkin an der Reling auf Deck 7. Den Anblick der Statue wollte er nicht verpassen. Noch war es stockdunkel. Die Verrazzano Narrows Bridge lag bereits hinter dem Schiff, ihre Lichter waren noch zu sehen. Das Schiff bewegte sich in der Upper Bay langsam den Hudson aufwärts. Motorendonner eines Hubschraubers, der das Schiff umkreiste und mit starkem Scheinwerfer das Wasser absuchte. Boote der Küstenwache rund um das Schiff. Vorkehrungen gegen Angreifer.

Hunderte von Passagieren an der Reling und auf dem Vorderdeck. Stimmengewirr. Lachen.

Unvermittelt ein goldenes Licht – die Fackel. Ein zweites – der Haarkranz.

Vom samtenen Schwarz der frühen Stunde gerahmt – der kupfergrüne Körper.

Die Stimmen, das Lachen verstummten. Stille.

Die Blitzlichter Hunderter Fotoapparate.

Steuerbords die Lichter von Governors Island, backbords von Ellis Island. 5:30 Uhr.

Sogleich die früh erhellten Fenster der Hochhäuser an der Südspitze von Manhattan steuerbords.

Mit dem aufkommenden Tageslicht Verwandlung der

Silhouette von Manhattan zum Manhattan-Panorama. Backbords das Ufer von New Jersey.

Das Anlege-Manöver des Schiffes am Pier 92, 12. Avenue, auf Höhe der 52. Straße. 6:30 Uhr.

Kokoschkin verließ das Deck und ging zum Frühstück ins Kings Court.

Er holte sein Handgepäck aus der Kabine und setzte sich in einen Liegestuhl auf Deck 7. Die Ruhe.

Kokoschkin wartete auf die Durchsage, daß die Passagiere mit silbernen Kofferanhängern das Schiff verlassen könnten.

Die Durchsage. Kokoschkin ging durch Samuels Wine Bar zur Gangway. Er zeigte seine ID Karte und den Coupon vom Kofferanhänger und verließ das Schiff.

In der riesigen Abfertigungshalle die Paßkontrolle, der Empfang des Koffers, den ein Gepäckträger auf seinen Wagen hob, und die Zollkontrolle forderten Kokoschkins Geduld.

Am Ausgang der Halle rief der Gepäckträger ein Taxi.

Kokoschkin zum Flughafen.

Nach Boston.

Nach Hause.

Seite 125 Iwan Bunin, «Erste Liebe», deutsch von Ilona König, aus «Dunkle Alleen», ausgewählte Meistererzählungen, F. J. Steinkopf Verlag, Stuttgart 1959. Mit freundlicher Genehmigung des Dörlemann Verlags, Zürich

Seite 130 «Bei mir bist du scheen». Mit freundlicher Genehmigung der Warner Chappell Music GmbH & Co. KG Germany

Seite 176 Iwan Bunin, «Der Sonnenstich», deutsch von Kay Borowsky, Reclams Universalbibliothek 9343, Stuttgart 1995. Mit freundlicher Genehmigung des Dörlemann Verlags, Zürich